# THE RING

# 环界 1

## 铃 THE RING

〔日〕铃木光司 著　贺迎 译

南海出版公司

新经典文化股份有限公司
www.readinglife.com
出　品

# 目录

THE RING

第一章

# CHAPTER 01

# 初秋

## 1

## 9 月 5 日　22:49　横滨

紧邻三溪园的住宅区，北部并排矗立着数栋十四层公寓。尽管是新楼，但几乎都已住满。每栋楼里住着近百户人家，可大部分住户都互不相识。只有当夜幕降临，各家的窗户透出灯光时，人们才意识到这儿有人居住。

南边是一座工厂，厂里探照灯的灯光照在油乎乎的海面上，水里倒映着工厂落寞的身影，反射出星星点点的光芒。工厂的外墙上缠绕着无数管线，令人联想到人体内错综复杂的血管。覆在管线表面的灯饰则宛如闪烁的萤火虫，这种奇妙的景观形成了一种独特的美。

远处，在与工厂只有数百米之隔的地方，一处规划过的住宅地上孤零零地立着一栋新建的二层小洋楼。小洋楼紧邻一条南北走向的单行线，旁边是只有一个停车位的停车场。同一式样的楼房遍布新兴住宅区，或许是因为这里交通不便，这一座的周围却见不到其他楼房的影子，取而代之的是到处立着出售土地的牌子。和那些刚完工就住满的公寓相比，它多少显得有些落寞。

此刻，荧光灯的灯光透过小洋楼二楼洞开的窗户，斑驳地洒落在阴暗的路面上。大石智子是私立女子高中三年级学生，此刻正坐在二楼房间的书桌前。她穿着白T恤和短裤，两条腿对着落地电扇叉开，身子扭向一边，目光落在翻开的习题集上。T恤下摆随风吧嗒吧嗒地翻飞着，风直直灌入了肌肤，可她还是自言自语地嘟囔着："好热、好热……"由于暑假期间玩过头了，该做的习题堆积如山，智子只好归咎于天气太热。其实今年夏天并不是很热，晴天也不是太多，与往年相比，海水浴场的游客也少了许多。不料暑假一结束，居然持续了五天的酷暑。这种滑稽的天气弄得智子焦躁不安，不禁咒骂起老天爷来：他妈的这么热，让人家怎么看书嘛！

智子用手拢了拢头发，把收音机的音量开大了一些。这时，她看见身旁的纱窗上停着一只小飞蛾，它抵挡不过电扇的风势，一下子不知飞到哪儿去了。小飞蛾消失在黑暗中后，纱窗微微颤动了好一会儿。

从刚才到现在，智子的学习没有丝毫进展。明天就要考试了，可是就算今晚学个通宵，她也没法把功课复习完。

智子看了一眼钟，已近十一点。要不看一下电视里的职业棒球新闻吧，没准能在座席上看到爸妈呢。可她又惦记着明天的考试。智子一直非常向往大学，但凡冠上“大学”两个字，上哪所学校她都无所谓。可是今年暑假留下了很多遗憾。由于天气的缘故，她没能玩个尽兴，潮乎乎的湿气又令人很不舒服，让她根本提不起劲学习——唉，虽然是高中最后一个暑假，可还是希望能过得轻松点。过了这个暑假就要跟“女高中生”的身份道别了。

由于心情烦躁，智子转而将不满发泄到父母身上。真是的！女儿在挥汗如雨地读书，这两个人竟然若无其事地跑去看夜场球赛！也不考虑一下我这个女儿的心情！

由于工作关系，智子的父母偶然得到了巨人队比赛的门票，于是两人一块儿去了东京巨蛋看球赛。球赛结束后没什么地方可去的话，他们这会儿应该正准备回家。可是现在，这套全新的四居室住宅里却只有智子一个人。

尽管这几天没有下雨，智子却感到一股莫名其妙的湿气。除了身上渗出的汗水，房间里似乎还弥漫着细小的水滴。啪的一声，她无意识地拍了一下大腿，可是挪开手，却没有看到被拍扁的蚊子。或许是心理作用，她感到膝盖上一阵针刺般的瘙痒。这时屋里传来一阵嗡嗡的振翅声。智子用双手在头顶上挥了挥。是苍蝇。为了避开电扇的风，苍蝇在门前改变了飞行高度，突然从她的视野中消失了。从哪儿飞进来的啊？明明关着门。她检查了一下纱窗与墙壁之间的接缝，根本没找到足以让苍蝇进出的缝隙。突然，她感到一阵尿意和口渴。一股莫名的压力侵袭而来，尽管还不至于让人窒息，却有力地撞击着她的心脏。不停地叽里咕噜发牢骚的智子像换了个人似的陷入沉默。

下楼时，智子莫名地感到心脏怦怦直跳。一辆车从楼前的路上飞驰而过，前灯唰的一下扫过楼梯下的墙壁。车辆渐行渐远，引擎声越来越小，四周的黑暗仿佛变得比刚才更浓重。她故意发出重重的脚步声下楼，还随手打开了走廊上的灯。

方便完，智子坐在马桶上发了一会儿呆。她无法让心脏的悸动平息下来，以前从未有过这种感觉。这究竟是怎么回事？她做了几次深呼吸，然后站起身，将内裤和短裤一起提上来。

“老爸老妈，快点给我回来啊！”她突然用小女孩般的口气喃喃道。“不对，我这是在央求谁啊？”她不是在央求父母早点回来，而像是在央求别的人。“求求你，请不要伤害我。”她不禁使用了敬语。

用厨房的自来水洗过手后，智子直接用湿漉漉的手把冰柜里的冰块放进玻璃杯，然后满满地倒上可乐，一口气喝光，把玻璃杯放在吧台上。杯中的冰块骨碌碌地转了几圈，随即停住。智子不禁打了个寒战。可她仍觉得口渴，于是又从冰箱里拿出一升半的瓶装可乐倒入杯中。这时，她的手开始哆嗦。身后仿佛有一股腐肉的腥臭味渗入空气中，把她包围起来……那绝不可能是固体，更不可能是人。

“求求你！别这样！”智子大声哀求。水池上方，十五瓦的荧光灯突然闪了几下，熄灭了。新买的灯泡居然这么不禁用。这时，智子后悔刚才没把屋里的灯都打开。现在她连走到开关那儿开灯的力气都没了，甚至都不敢往后看。她知道身后有什么。那是一间十六平方米的和室，壁龛上摆着爷爷的牌位。房间里的窗帘没有拉上，透过玻璃窗可以看到对面绿草茵茵的住宅区，以及远处公寓里一小格一小格微弱的灯光。仅此而已。

第二杯可乐喝到一半时，智子已经动弹不得。就算是心理作用，这种诡异的气氛也未免太浓重。仿佛有什么东西突然伸过来，眼看就要触摸到她的脖颈，令她窒息——如果是“那个”怎么办？

智子不敢再想下去。一想起那件发生在一个星期前、她努力去忘却的事情，她就无法承受那极度膨胀的恐惧感。秀一说，既然上面是那样讲的，一切就已无法挽回，每个人随后都将一个接一个地死去。只是一回到都市，那部让她印象深刻的录像就失去了可信性，是谁在恶作剧吧？智子试图想些快乐的事，别的快乐的事。可如果真是“那个”……如果那是真的……对了，在那个时候，不是会有电话打来吗？

啊！老爸老妈到底在干什么啊！

“你们快点回来吧！”智子叫出声来，然而那个诡异的影子却丝毫没有就此罢手的迹象，依然一动不动地在她身后窥探，等待机会。

十七岁的智子还不太清楚“恐惧”的本质，但此时她深深感到，心里那份恐惧正在逐渐扩散。

真让我遇上了也没办法。不，肯定不会有事。即使我回头看，那儿也不会有什么东西。肯定什么都没有。智子内心萌生出一股回头看的欲望，想尽早从这种状态中解脱出来。可是，真的没有东西吗？她感到背部凉飕飕的。一股恶寒自肩头蹿起，顺着脊背一直往下游走，整件 T 恤都被涔涔冷汗浸湿了。再往深里想，她的肉体就会发生剧烈的变化。有谁说过，肉体比精神更真实。

就在这时，身后传来一阵声响。即使回头看，也不会有什么东西吧？不赶快把剩下的可乐喝完，回房去复习，明天考试就要完蛋了。

这时，咔嚓一声，玻璃杯中的冰块裂开了。智子不由得应声回头……

## 9 月 5 日　22:54　品川车站前的十字路口　东京

信号灯变成了黄色，木村并未冲过去，而是将出租车停在了马路左侧。运气好的话，能拉到去六本木路口的乘客。这儿的乘客多数是去赤坂和六本木方向的，经常有人趁着出租车等信号的时候钻进车来。

这时，一辆摩托车经过木村的左侧，在靠近人行横道的地方停下来。骑摩托车的是一位穿牛仔裤的小伙子。木村非常讨厌那些四处乱窜、挡人视线的摩托车，特别是那些等信号灯时若无其事地停在他车前或车门旁的。今天生意不好，他的心情也不好，于是他冷冷地盯着那位年轻人。年轻人头戴全罩式的安全帽，看不到他的表情，左脚搁在人行道的边缘上，张开腿，吊儿郎当地摇晃着身体。

这时，一位年轻的长腿女子从人行道上走过。年轻人扭过头，目光追随着女子的身影，却没有一直看下去。头部大约转到九十度时，他的视线落在了左侧的橱窗上。年轻女子走出了他的视线，不见了踪影。但年轻人依然没有转头，定定地在看什么。行人专用的信号灯开始闪烁，不一会儿变成了红灯。走在人行横道中间的行人加快步伐，擦着出租车走了过去，没有人招手向他靠近。木村让引擎空转着，静待信号灯变成绿灯。

就在这时，骑摩托车的年轻人突然举起双手，身体剧烈地颤抖，接着，向木村的出租车这边倒了过来，咚的一声撞在了他的车门上。

这个笨蛋！一定是没有站稳、身体失去平衡才摔倒的。木村想。他摆上警灯走下车来，心想，如果车门有任何损坏，一定要对方赔偿相应的修理费。此刻绿灯亮了，后方的车辆纷纷超过木村的车，驶过十字路口。而那个年轻人仰卧在马路上，双脚不停地乱蹬，双手挣扎着想摘下安全帽。木村先去察看自己的“挣钱工具”，果然，车门上有一道斜斜的划痕。

“呸！”木村低声咒骂着走近年轻人。安全帽的扣环紧紧地扣在年轻人的下巴上，他却拼命想摘掉安全帽，就像要把自己的脑袋也一起摘下来。

有这么透不过气吗？木村意识到年轻人的样子有些异常，一屁股坐到他身旁，总算开口问道：“你没事吧？”安全帽的面罩是灰色的，木村看不清年轻人的表情。年轻人握着木村的手，像是有什么话要说，甚至想抱住他，可是已说不出话来，也不再试图去摘面罩。

“你等一下，我马上帮你叫救护车。”木村很快作出了决定。

木村一边跑向公用电话，一边心想：真是不可思议，一下没站稳竟然会摔成那样！难道是落地时撞到了头？不可能啊，那家伙不是戴着安全帽吗？而且手和脚看起来也没摔伤，只要不找我的麻烦就行。如果他说是撞到我的车才受伤，那可就麻烦了。如果对方受伤了，可以用我的汽车保险理赔吗？这么一来，就得有事故证明，而且还要接受警察的盘问……

木村打完电话回到原处，发现年轻人把手放在喉咙处，已经动弹不得。周围有几个行人停下脚步，担心地观望着。木村推开人群，告诉大家他已经叫了救护车。

“喂、喂，坚持一会儿，救护车很快就来了。”

木村动手解安全帽的扣环。他轻而易举地就解下了安全帽，这根本不可能勒得人喘不过气来。更让他惊讶的是，年轻人的脸扭曲得变了形。如果用一个词来形容对方的表情，那就是“惊愕”。他双眼瞪得大大的，红色的舌头缠卷在喉头深处，口水从嘴角流出，已经等不及救护车来了。木村脱下年轻人的安全帽，伸手触摸他的脉搏时，已感受不到脉搏的跳动。他心里一惊，周围的情景一下子变得虚幻起来。

倒在地上的摩托车，车轮仍在缓缓地转动，黑色的汽油从引擎里流出，滴落进下水道。澄澈的夜空下没有一丝风，最上面的信号灯再次变成红色。木村摇摇晃晃地站起来，伸手抓住路边的栏杆，睁大眼睛又看了一眼躺在路上的年轻人。他头枕安全帽，头部与身体几乎成直角，这种姿势怎么看都让人觉得不自然。

是我放的吧？把他的头那样放在安全帽上，把安全帽当成枕头？我为什么要这样做？木村已回忆不起几秒前发生的事。年轻人瞪大眼睛望着他。木村感到寒气唰地从肩头掠过。即使是在这么闷热的夜晚，他仍哆嗦个不停。

## 2

内护城河清澈的水面上倒映着秋日清晨的景色，炎热的九月终于接近尾声。浅川和行正向地铁站台走去，突然，他改变了主意，想近些欣赏此前在九楼看到的河面风光，便上了楼梯，向外面走去。报社里犹如沉淀在瓶底一般的混浊空气，向地面淤积。他忽然渴望呼吸一下外面清新的空气。只要一看到东京这座城市中的绿色，连五号高速公路与环岛交会处的废气也不再令他心烦，微明的天空和清晨的空气都透着一股清新的气息。

昨晚熬夜了，浅川非常疲乏，却始终睡不着。完稿后的兴奋变成一种适度的刺激，他的脑细胞依然活跃。这两个星期，他一直没能休息好，因此打算今明两天在家好好补补觉。何况这是总编辑的命令，他可以光明正大地休假。

这时，他看到一辆空出租车由九段下的方向开过来，本能地举起手叫车。前两天他把竹桥与新马场区间的地铁月票用完了，还没去买新的。从这里乘地铁到北品川的公寓需要四百日元，而坐出租车要将近两千日元。虽然要浪费大约一千五百日元，可一想到乘地铁必须换乘三次，又刚刚领了工资，于是他决定，今天就奢侈一次吧。

浅川这一天会在这个地方打车，纯粹是一时的冲动。如果他坐地铁回家，那么上文所述的两起事件就绝不会连到同一条线上。故事的开始往往出于偶然。

出租车缓缓停在皇居的侧楼前。司机是一位四十岁左右的小个子男人，或许是熬夜的缘故吧，他的眼里布满血丝。仪表板上有一张彩色免冠照，旁边写着司机的名字——木村干夫。

"到北品川……"

听到目的地，木村的精神为之一振，因为北品川位于公司车库所在地东五反田的前方，他正准备收车，正好顺路。类似的情形往往让出租车司机感到工作的乐趣。木村不禁变得饶舌起来。

"待会儿要去采访吗？"

"哎？"浅川望着车窗外发愣，疲乏的眼睛里布满血丝。他很是纳闷，这司机怎么会知道自己的职业呢？

"先生，您不是报社记者吗？"

"我是周刊记者，你的眼睛真够尖的。"

木村开了近二十年的出租车，根据乘客的上车地点、穿着和措辞，他就可以把乘客的职业猜个八九不离十。一般来说，如果乘客从事的职业比较热门，并且以此为荣，紧接着就会聊起与工作相关的话题。

“您真辛苦啊，这么早就开始工作了。”

“不，正好相反。我现在是要回家睡觉。”

“啊，这样啊，那跟我一样。”

平时浅川对自己的工作并没有特别的自豪之感。今天早上他却头一次找到了自己的文章变成铅字的成就感，因为他策划的系列报道终于完成，并且引起了相当大的反响。

“工作有意思吗？”

“凑合吧。”浅川敷衍道。虽然这份工作有时候很有意思，有时候也很无趣，可是现在要一一作答太费劲。他忘不了两年前的那次失败，甚至还清楚地记得那篇报道的标题——《当代新神灵》。他的脑海中浮现出当年自己哆嗦着向总编要求做第二次采访的情景。

车内陷入短暂的沉默。出租车快速驶过东京塔左侧的弯道。

“先生，您是要走运河沿岸，还是走第一京滨？”根据要前往的北品川的地点，出租车的路线也有所不同。

“走第一京滨……我在新马场附近下车。”

乘客的目的地一清二楚，出租车司机就会感到轻松。木村在下一个十字路口往右拐。

快到那个地方了。一个月以来，木村始终无法忘记那个十字路口。与浅川对两年前的失败耿耿于怀不同，木村站在比较客观的立场上看待这次事故。他与这一切没有关系，既不需要对事故负责，也不需要为此反省。那完全是对方造成的事故，即使他提高警惕也无法避免。当时的恐惧感，现在几乎淡忘了。

只是有一点无法解释：为什么每次经过这儿，都想把当时的事说给别人听呢？如果从后视镜看到乘客在打盹，木村就放弃这个念头。如果乘客没有睡，他就有一种冲动，想把那件事和盘托出。

“那是大概一个月以前的事了……”仿佛在等着木村打开话匣子，信号灯由黄变红。“这世上有太多事情让人搞不清楚。”

木村开了话头，试图引起浅川的兴趣。浅川正睡得有些迷糊，听司机这么说，急忙抬起头扫视了一下四周，确认现在的位置。

“最近猝死的人好像增加了不少呢……没想到年轻人也会这样。”

“啊？”“猝死”这个词在浅川耳边回响。木村接着说下去：“就在将近一个月前吧，我的车停在那儿等绿灯，突然有一辆摩托车朝我这边倒了下来。不是在奔驰的过程中摔倒的，而是停在那儿，突然砰的一声倒下来。你猜怎样了？啊，开摩托车的是一个十九岁的补习班学生……居然就那样死了！可把我吓坏了。当时救护车也来了，警车也来了，乱成一片。”

浅川默默地听着，但凭着当了十几年记者养成的敏锐洞察力，他立刻记下了司机和出租车公司的名称。这纯粹是一种出于本能的反应。

“那个年轻人的死法也有些奇怪。他使出吃奶的力气想摘掉安全帽……整个人仰卧在地上，手脚吧嗒吧嗒地挥动……我赶紧跑去叫救护车，可是回来一看，他已经死了。”

“地点在哪儿？”浅川已全然没了睡意。

“喏，就在那边。”木村指着车站前的斑马线说。浅川把这件事深深烙在脑海里。品川车站位于港区高轮。如果是在那儿发生事故，应该由高轮警局负责。他在脑中迅速搜索打入高轮警局的内线。大型报社的威力就在于此，它在各个领域布下眼线，搜集情报的能力有时甚至超过警察。

“那么，他的死因是‘猝死’了？”浅川急忙问道，尽管他不清楚是否有猝死这个病名，也不知道这起事故究竟牵动了自己哪根神经。

“简直是开玩笑！我的车是停着的。他自己突然倒了过来。可是还要我提交事故证明，在保险公司也差点留下不良记录……真是祸从天降啊！”

“你还记得准确的日期和时间吗？”

“哎呀哎呀，您不会是嗅到什么事件的气味了吧？应该是九月四号或五号吧，嗯……大致就那前后。时间嘛……我想是晚上十一点左右吧。”说着，木村的脑海里又浮现出当时的情景。温热的空气，从倒在地上的摩托车里流出的黑油……黑油像活物一般向下水道漫过去，在车灯的映照下，变成黏糊糊的油滴，无声地滴入下水道，旋即没了踪影，视觉似乎发生了暂时性的障碍。还有那个头枕安全帽的年轻人临死前的脸，那张饱受惊吓的脸。他是被什么吓到了呢？

信号灯变成绿灯，木村轻踩油门。从后座传来奋笔疾书的声音，是浅川在做笔记。木村感到一阵恶心。自己怎么记得这么清楚呢？他吞了一下口水，把这阵恶心强压下去。

"那么他的死因是什么？"

"心脏麻痹。"

心脏麻痹？法医真是这么诊断的吗？最近应该不常用心脏麻痹这个词了。

"除了准确的日期和时间外，这个也有必要确认一下。"浅川一边喃喃自语，一边做笔记，"也就是说，除此之外，死者身上没有任何外伤吧？"

"是的，没错。肯定是受到了惊吓，肯定……令人惊恐的正是这一点！"

"啊？"

"哦，没什么……那个人死时脸上充满极度的恐惧……"

浅川的心怦然一动。同时，他又否定了两件事之间的关联。这一定是偶然的雷同，只是偶然。

转眼到了京滨高速的新马场。

"请你在前面的红绿灯处左拐，在那儿停车。"

车停稳，浅川打开车门，把两张一千日元的钞票连同名片一起递给木村。"我是M报社的浅川，如果方便的话，今天你讲的事，能否让我了解得更详细些？”

“嗯，没问题。”木村高兴地说道。不知为什么，他觉得这么做是自己的使命。

“改天再给你电话。”

“我的电话号码是……”

“哦，不用了。我已经记下了你们公司的名称。我很快会找你的。”浅川下了车，正要关上车门时犹豫了片刻。对于这件事，他感到一股难以言喻的恐惧。最好别插手这种怪事，否则有可能重蹈当年的覆辙。然而事已至此，他的兴趣已被激发起来，绝不能就此罢休。

他再次扭头问道：“那个人确实是挣扎着要摘掉安全帽，对吧？”

## 3

小栗总编脸色凝重地听着浅川的汇报，脑中倏地掠过他两年前的身影。当时的浅川中了邪似的成天坐在文字处理机前，埋头整理采访资料，编写着教祖影山照高的传记，整个人都很异常，鬼里鬼气的。小栗差点把他送进精神病院。

很不凑巧，当时正赶上那个时期。两年前，超自然现象在出版界刮起一股前所未有的旋风，编辑室里灵异类的照片堆积如山。寄到各家出版社的净是些灵异学说和灵异照片之类的伪造品，让人不得不感叹：这世界到底怎么了？小栗一直坚信人类可以在一定程度上解读世界的结构，可是只有灵异现象，他怎么也找不到令人信服的答案。当时，投稿者比以往任何时期都多，简直超越了常规。毫不夸张地说，每天收到的邮件足以把编辑室淹没，而且都是关于灵异的内容。不只是M报社，日本所有出版社都被卷入这股灵异旋风中。这种现象让人难以理解，也让人困惑。

M报社花费大量时间调查后发现，这并非一个人寄出好多封，基本上每封匿名邮件都来自不同的人。他们估计有将近一千万人在这一时期向各家出版社投稿。一千万！整个出版界都为之震惊。尽管投稿的内容并非都很恐怖，可是单单这个数字就足以令人震惊，这意味着全国每十人当中就有一人投稿。但与出版相关的人士及其亲友当中，却没找到一个投过稿的人。这到底是怎么回事？那些堆积如山的信件到底从何而来？就在报社的编辑人员为此大伤脑筋，找不到答案时，这股风潮却归于平静。这种非正常状态持续了半年，犹如做了一场梦，编辑部又回到正常轨道，再也没收到这一类的投稿。

报社发行的周刊杂志该如何应对这种现象，小栗总编必须表明态度。他最后作出的决定却是“置之不理”。他认为，这股灵异旋风的煽风点火者往往是无聊的八卦杂志。那些杂志刊登灵异照片和许多人经历的故事，激发了读者的投稿热情。当然，他很清楚这种说法不能服众，但是必须找出合适的理由。

之后，小栗总编手下的编辑便把收到的邮件原封不动地烧毁。在与外界的交往中，只要是有关灵异的话题，他们都会回避，显得漠不关心。久而久之，那股前所未有的投稿热终于慢慢降温。而现在，浅川竟然愚不可及地要往即将熄灭的火上浇油。

难道你想重蹈两年前的覆辙吗？小栗定定地看着浅川的脸。

“我说你啊……”每当小栗不知该怎么说的时候，就以这句话做开场白。

“我非常清楚总编您是怎么想的。”

“不，啊，这件事倒是很有意思。但是我不知道将产生怎样的后果。是吧？如果到最后又像那件事一样，岂不是很伤脑筋吗？”

小栗仍坚信两年前的那股灵异热潮是人为的，而且对此深恶痛绝。当时那股风潮给他带来了极大的困扰，他对所有灵异现象都抱有偏见。

“我并非想刻意强调它的神秘性，只是想说，这种事绝非偶然。”

“偶然啊……”小栗把手搁在耳边，重新整理先前谈话的内容。

浅川太太的外甥女大石智子，于九月五日晚上十一点左右在本牧的家中死亡，死因是急性心肌功能不全。她还在读高三，年仅十七岁。同一天，同一时刻，在品川车站前，一位十九岁的补习生骑着摩托车在等信号灯时，因心肌梗塞突然死亡。

“我倒认为这只是偶然的巧合。你该不是从出租车司机那儿听说了那起事故，就自然地想到了你太太的外甥女的事吧？”

“能否接着听我说？”浅川极力想激起小栗总编的兴趣，“那个骑摩托车的男子在临死前，挣扎着想摘掉安全帽。”

“然后呢？”

“智子的尸体被发现时，她也像是在痛苦地挠头，双手手指被头发紧紧地缠住。”

浅川见过智子好几次，就像一般的女高中生一样，她平时非常爱惜头发，是个很爱美的女孩子。这种女孩子不可能用力拉扯自己的头发。究竟是什么让她这么做呢？每当眼前浮现出智子用力拉扯头发的身影，他就试着想象一个无形的影子，想象那种驱使她拉扯头发的难以言喻的恐惧。

“我真是不明白。你呀，不是钻牛角尖钻过头了吧？任何事情，只要想找其中的共同点，应该都能找出来。总而言之，两人都是因心脏病发作而死，当然会很痛苦，所以才挠头或挣扎着想摘掉安全帽……这难道不是很平常的事吗？”

尽管浅川承认有这种可能性，但还是摇了摇头。这理由仍然让人难以信服。

“总编，是胸口啊。应该是胸口疼，为什么要挠头呢？”

“你有过心脏病发作的经历吗？”

“……没有。”

“那你有没有问过医生？”

“问什么？”

“心脏病发作时，患者会不会挠头？”

这下子，浅川无话可说了。其实他问过医生，医生是这样回答的：也不能说没有这种可能性，但目前还没有定论。有时也会发生与此相反的情形，比如说，蛛网膜下出血或脑溢血时，就会引发头痛，肚子也会感到不舒服。

“总而言之，可能存在个人差异吧。就像学生解不出数学题时，有人会挠头，有人会抽烟，还有人把手放在肚子上。”小栗一边说，一边转动着座椅，“就目前来看，一切还没有定论，而且我们杂志的篇幅也不够。你应该明白吧？因为两年前的那件事，我们不能再轻易去碰触这一类的题材了。如果你执意想写，倒也可以写。”

或许真如总编所说，这两件事只是偶然的巧合。可是为什么连医生也觉得不可思议？问医生有人心脏病发作时，会不会拼命扯自己的头发，医生只是严肃地“嗯”了一声，他还没有遇到过这种病人。

“我明白了。”

现在只有乖乖撤兵，除非能发现这两起事件有更加客观的联系，否则很难说服总编。如果没有什么进展，就悄悄收手吧。浅川这样决定。

## 4

浅川挂了电话，手放在话筒上，愣愣地站在那儿。耳边依然回荡着自己征询对方意见时谦卑的声音，他感到很不舒服。一开始，对方从秘书手中接过电话时还非常傲慢，可听清浅川的来意后，语气便逐渐变得委婉。他最初可能以为浅川是来拉广告吧，接着，大脑便开始飞速运转，细细盘算这篇报道将带来多少好处。

“Top Interview”系列报道九月份开始连载。这个策划以新兴企业的老总为采访对象，对他们奋斗过程中的酸甜苦辣进行报道。本来非常顺利地和对方敲定了采访的事，挂电话时应该感到满意才对，浅川的心情却异常沉重，因为他从这个俗不可耐的男人那儿将听到千篇一律的说辞：创业的辛酸史，自己如何精明能干、善于抓住机会，如何克服困难……如果你不礼貌地告辞，他就会喋喋不休地讲自己的成功史，没完没了地讲下去。真是烦透了。浅川非常痛恨做这项策划的人。他明白想把杂志维持下去，无论如何不能缺广告，为了给今后拉广告做铺垫，这一类的采访不能不做。可是浅川不太关心报社是否盈利，他看重的是这份工作有没有意思，仅此而已。从事不需要思考的工作，体力上会很轻松，但是精神上往往容易疲劳。

明天的采访需要查一些资料，浅川向四楼的资料室走去。不过他更惦记另一件事：两起耐人寻味的猝死事件之间有什么客观联系。这件事突然从脑子里冒出来，尽管他并不知道该从哪儿着手。他试图把那位庸俗老总的声音甩开之际，脑中却闪过一个疑问：难道发生在九月五日晚上十一点左右的猝死事件，真的只有这两起？

如果还发生了同样的事件，就可以断定这绝非偶然。浅川决定去查阅九月上旬的报纸。他平常看报只认真看商务报道，社会新闻多半只是浏览一下标题，很可能漏掉一些报道。他有预感，好像有件事与这些有关。他隐约记得就在一个月前，曾在报纸社会版的角落里看到过一个奇怪的标题，好像刊登在报纸左下角一个很小的地方……当时他不禁“哎呀”了一声，正准备往下看，却被同事叫走了，因为一直忙碌，现在都没有来得及看。

浅川从九月六日的早报开始查起，坚信一定可以发现线索。他就像一个寻宝的孩童，心怦怦直跳。在昏暗的资料室里查阅近一个月的报纸，他却体会到了庸俗的采访中无法体味的亢奋。与成天体面地在外面周旋，和各色各样的人打交道相比，这种工作更让他着迷。

九月七日的晚报，浅川在印象中的位置终于找到了那条消息。版面被一则死者达三十四人的海难事故新闻挤压，这条消息的篇幅比他想象的还小，难怪会忽略掉。浅川戴上银边眼镜，脸凑近报纸，逐字逐句地看着正文。

**租赁车内发现一对离奇死亡的青年男女尸体**

七日上午六点十五左右，在横须贺市芦名县的某段公路上，一位路过的卡车司机在一辆停在路边空地上的小轿车前座上发现一对青年男女的尸体，随即向横须贺警局报案。

追查车主，判定死者分别是东京都涩谷区的补习生（十九岁）和横滨市矶子区某私立女子高中的学生（十七岁），车由补习生于两天前的傍晚向涩谷区的租车公司租来。

尸体被发现时，车门是锁上的，钥匙仍插在锁孔里。据推断，这对男女的死亡时间在五日深夜到凌晨天亮之间。从车窗紧闭的情况来判断，两人是在熟睡期间因缺氧致死，也有可能是服药自杀，详细死因尚未得知，就目前的情况来看，没有他杀的嫌疑。

这则消息十分简短，浅川却从中发现了确凿的线索。首先，死亡的女高中生和外甥女智子就读于横滨同一所私立女子高中，同为十七岁。租车的男生则跟那位猝死在品川车站前的男生在同一所补习班补习，两人都是十九岁。推测的死亡时间也基本相同，死因也同样不明。

这四个人的死亡肯定有关联，找出其中关键的共同点应该不用花很多时间。更何况浅川在大报社里工作，不用担心搜集不到信息。浅川拿着这则消息的复印件，急忙向编辑部走去。犹如发掘了一个取之不尽的金矿，他内心充满成就感，逐渐加快了步伐，甚至连等电梯的时间都让他急不可耐。

横须贺市政府记者俱乐部中，吉野坐在专用的书桌前振笔疾书。只要不塞车，由东京总部到这儿走高速公路只需一个小时。

“吉野先生。”浅川站在吉野身后叫了一声，他已有一年半没见过吉野了。

“哦……是浅川啊。发生什么事了？你竟然要特地跑到横须贺来……先坐下再说。”吉野拉出一把椅子让浅川坐下。吉野胡子拉碴的样子容易给人留下不好的印象，想不到他竟然非常体恤人。

“最近忙吧？”

“啊，还好。”吉野是浅川还在新闻部任职时的前辈，比他早三年入社，今年三十五岁。

“我问过横须贺通讯部后，才知道吉野先生在这里……”

“你找我有事吗？”

浅川把复印的报道递了过去。吉野认真地读起来，竟然花了相当长的时间。虽然这篇报道是他写的，应该不用仔细看就知道内容，他却全神贯注地读，连最爱吃的花生也含在嘴里忘了吃。不久，他开始慢慢地咀嚼，犹如想把这件事逐一回想起来，一同放入胃里消化。

“这篇报道怎么了？”吉野一脸严肃。

“没什么，我只是想知道得更详细些。”

吉野站了起来。“好吧，我们到隔壁边喝茶边聊。”

“你有时间吗？”

“没问题。这件事好像挺有意思的。”

市政府旁就有一家小小的咖啡店，咖啡只要两百日元一杯。吉野一落座便冲吧台高喊：“来两杯咖啡。”然后转过头来面对着浅川，把身子往前挪了挪。

“这么说吧，我当了十二年社会新闻部的记者，遇到过各种各样的事情，但是，这么奇怪的事情还是头一次碰到。”说到这儿，吉野喝了口水，接着往下说，“浅川，就当是交换条件吧。告诉我，你在总部出版局工作，怎么会想调查这件事呢？”

现在还不能告诉他真相。浅川想要一个属于自己的“独家新闻”。如果让吉野这样的高手知道了，一眨眼工夫猎物就会被抢走。浅川赶紧编了个谎：“也没什么特别的理由。我的外甥女跟那位死去的女高中生是朋友，她一直刨根问底。刚好我来这儿，想顺便……”

真是个蹩脚的谎言。吉野的目光中现出一丝怀疑，有些不快地往后一靠。“是真的吗？”

“嗯，毕竟她是个高中女生。朋友去世就够不幸的了，偏偏又死得那么蹊跷，所以她问了一大堆的问题……拜托，快把详细情况告诉我吧。”

“那你想知道什么？”

“查明死因了吗？”

吉野摇了摇头。“唉，就是心脏突然停止跳动。至于为什么会发生这种事，就不得而知了。”

“没有他杀的嫌疑吗？譬如被勒死之类的……”

“不可能，脖子附近没有内出血的迹象。”

“药物呢？”

“解剖后也没有查出什么药物反应。”

“这么说，这个案子还没结案……”

“结个屁案啊。这又不是什么凶杀案件，只能以病死或意外死亡了结，当然更不会有什么调查小组了。”吉野往后靠在椅背上，不以为然地说道。

“为什么要隐瞒死者的名字？”

“因为死者是未成年人嘛……还有可能是自杀殉情。”吉野像是突然想到什么，扑哧一笑，身体往前凑了凑，“那个男生哪，内裤连牛仔裤一起褪到膝盖那儿了。那个女生也一样，内裤也褪到膝盖了。”

“这么说，是正在进行了？”

“不是正在进行，是正准备的时候。还没开始享乐，就是那个时候——”吉野啪地拍了一掌，“出事了！”他的语气很能调动人的情绪。

“哎，浅川，你跟我说实话吧。你是不是找到了什么与这起事件相关的线索？”

“……”

“我会保守秘密的，压根儿就不想抢你的功劳，只是对这件事很感兴趣。”

浅川依然不吭声。

“喂，别吊我的胃口啦。”

浅川想了想，还是觉得不说为妙。可是他又无法圆谎。

“对不起，吉野先生，能否再等一阵子？现在我还不能说。我保证，两三天后一定说给你听。”

吉野大失所望。“唉，既然你都这么说了……”

浅川用恳求的眼神看着吉野，催促他接着往下说。

“我们只能认为是发生了什么事。那对男女正要大干一场的时候，却突然窒息身亡了。这可不是开玩笑。曾推断他们可能是事先吃了毒药，因药效发作死亡，可是药检中却没有任何药物反应……当然，有的毒药也不会发生反应，可是补习生和女高中生怎么能轻易拿到这样的毒药呢？”

吉野脑海中浮现了出事地点的情景。当时他曾到现场看过，印象相当深刻。沿着芦名至大楠山的土路上行，在狭窄的山谷之间有一块长着茂密树林的空地，那辆小轿车就停在那里。从山下开车上来的人都可以瞥见这辆车的尾部。不难想象那个补习生为什么会把车开到这个地方。一到晚上，这条路上几乎没有车经过，从山上延伸下来的树林成了天然屏障，这对没什么钱的情侣而言真是个天然的幽会场所。

“死的时候，那个男生的头紧贴着方向盘和车窗，那个女生的头埋进副驾驶座的下方和车门之间。我亲眼看到那两具尸体被人从车上抬出来的情景。当时车门一打开，那两具尸体顿时从两侧的车门滚了下来，好像死的一瞬间被人从内侧用强力挤压了似的，而且在他们死去三十个小时后，那股力量似乎依然留在车内。调查人员刚伸手打开车门，两具尸体就砰的一声给弹了出来。你注意听好，那辆车是双开门，如果车钥匙插在锁孔里的话，车门是无法打开的。当时钥匙就插在锁孔里，车门也上了锁……你应该知道那是怎样的情况。那辆车处在一种完全密闭的状态下，他们怎么可能会受到外力的挤压呢？哎，你猜他们死时脸上的表情是怎样的？两个人都显得极为恐惧，脸都扭曲了。”

吉野停顿了一下。响起“咕嘟”一声吞口水的声音，不知是浅川还是吉野发出来的。

“你想想看，假设森林中跑出一头可怕的野兽，他们两人应该会吓得抱在一起才对。就算男生不这么做，女生也会先靠近男生，毕竟是恋人嘛。可是，不论是男生还是女生，却都想尽可能离对方远一些，拼命把背部紧贴车门。”吉野双手一摊，做出难以理解的姿态，“究竟怎么回事，真是弄不明白啊。”

如果没有横须贺的那场海难事故，这篇报道应该会被大肆渲染，成为读者茶余饭后的话题。可是，当时身处现场的人们，包括搜查人员在内，都沉浸在这样的气氛中——尽管都在思考同一个问题，甚至话都到嘴边了，却没有一个人说出口。大家明知一对男女同时因心脏病发作死亡的几率微乎其微，却以医学上牵强附会的解释逼自己接受，尽管并没有人信服。大家没有把疑问说出口，并不是担心被视为笨蛋，而是不敢承认身边居然发生了这么恐怖的事情。依赖于科学的解释，可以使人心安。

这时，一股寒意自浅川和吉野的背脊蹿起，两人都在思考同一个问题。短暂的沉默让他们确认了彼此的预感：事情并没有就此结束，一切刚刚开始。他们坚信，不论人类掌握了多少科学知识，终归会有某些无法以科学法则解释的事实。

“发现尸体的时候，那对男女的手放在什么地方？”浅川唐突地问道。

“头……不对，感觉更像是用两只手蒙着脸。”

“是不是像这样，想要把头发扯光似的？”浅川做出揪扯头发的样子。

“嗯？”

“我的意思是，他们是不是用双手抓着自己的头，像要把头发扯掉？”

“不是，我想不是这样。”

“是吗？吉野先生，能不能把补习生和女高中生的地址和名字告诉我？”

“可以。不过，你可不要忘了答应我的事。”浅川笑着点了点头，吉野站了起来。霎时，桌子摇晃了一下，咖啡洒落在托盘上——吉野的咖啡一口都没喝。

## 5

浅川本想利用闲余时间去追查四名少男少女的死因，但由于工作繁忙，迟迟无法按照计划进行。就这样，一个星期过去了，迎来了新的月份。无论是细雨绵绵、闷热无比的八月，还是烈日炎炎、胜似夏日重返的九月，都随着日渐浓重的秋意一去不复返，成为人们心中的记忆。在这期间，什么也没有发生。浅川每次阅读报纸的社会版时连边边角角都不放过，可是再也没有发现类似的事件。难道在他无法看到的地方，某种可怕的东西正在紧锣密鼓地实施“阴谋”？随着时光的流逝，越来越多的人认为四人的死亡只是纯粹的偶然，他们之间可能没有任何联系。从那以后，浅川也没再见过吉野。想必吉野也忘了这档事，要是他还记得，早该联系浅川了。

浅川的热忱也逐渐消失，他从口袋里拿出随身携带的四张卡片，重温了一下自己坚信绝非偶然的想法。卡片上记录着死者的姓名、住址等基本事项，底下空白处则详细记载着八月到九月间四人的行动，以及他们的成长历程等通过采访收集到的信息。

**卡片一**

大石智子　1972 年 10 月 21 日生

私立启圣女子学园三年级，17 岁

地址：横滨市中区本牧元町 1-7 号

9 月 5 日晚上 11 点左右，父母出门期间，死在自家一楼的厨房，死因是急性心肌功能不全。

## 卡片二

岩田秀一　1971年5月26日生

英进补习学校一年级复读生，19岁

地址：品川区西中延1-5-23号

9月5日晚上10点54，在品川车站前的十字路口倒地死亡，死因是心肌梗塞。

## 卡片三

辻遥子　1973年1月12日生

私立启圣女子学园三年级，17岁

地址：横滨市矶子区森5-19号

9月5日深夜至天明，在大楠山麓县公路旁的车中死亡，死因是急性心肌功能不全。

## 卡片四

能美武彦　1970年12月4日生

英进补习学校二年级复读生，19岁

地址：涩谷区上原1-10-4号

9月5日深夜至天明，和辻遥子同时死在大楠山麓的车上，死因是急性心肌功能不全。

不用采访也能确认，大石智子和辻遥子是同一所高中的同学，岩田秀一和能美武彦也是同一所补习学校的同学。从辻遥子和能美武彦在九月五日深夜开车前往横须贺的大楠山推断，两人即使不是恋人，也应该是经常玩在一起的亲密朋友。听辻遥子的朋友说，她好像正在和一个东京的补习生交往，只是还不知道他们是何时认识，又是如何熟识的。浅川萌生出"大石智子和岩田秀一会不会也是恋人"的疑问。然而几经调查，都没有证实这一点的线索。说不定大石智子根本就不认识岩田秀一。那么将他们四人联系在一起的线到底在哪里？如果那个不明物体随机挑选牺牲者，那么这四人的关系未免又太亲近。会不会这四人知道了不为人知的秘密而惨遭谋杀？浅川尝试以科学的观点来思考：难道四人同时在某个场所感染了侵袭心脏的病毒？

有那种会引起急性心肌功能不全的病毒吗？浅川边走边摇头。

"病毒、病毒……"浅川喃喃自语着上了楼。他转念一想，或许应该先用科学的方法来试着解释。假设存在一种引发急性心脏病的病毒，比假设存在超自然力量更为现实，也不用担心遭到他人讥笑。

尽管目前地球上尚未发现这种病毒，但它大概是隐藏在陨石内部，从宇宙中飞到地球上来的。抑或一种新开发的细菌武器泄漏了。对，姑且先把它当作一种病毒。当然，并非所有的疑问都能迎刃而解。这四人死时为什么都露出惊恐的表情？辻遥子和能美武彦死在狭窄的车内，为什么拼命地想躲开对方？尸检为什么查不出任何结果？如果是细菌武器泄漏，那么第三个疑问就很容易找到答案：一定是有关部门下令保密。

根据这个假设推测下去，从尚未发现其他被害者来看，可以确定这种病毒不会经由空气传染。那么它是像艾滋病那样经由血液感染，还是极难感染上？最为关键的是，他们四人到底是在什么地方接触“病毒”的？必须重新梳理一遍这四个人八月到九月的行动，找出相同的时间和场所。现在已无法向当事者求证，找出共通之处恐怕很困难。如果这只是四个人的秘密，连父母和朋友都不知道，就没法查了。不过，这四个人肯定在同一时间、同一场所共同接触过同一事物。

浅川坐到文字处理机前，暂且将来历不明的病毒赶出脑海。他拿出刚刚采访的笔记，开始快速地整理录音带的内容。这篇报道必须今天完成。明天是星期天，他要和妻子阿静一同去探望妻姐大石良美。他想亲自到智子死亡的地方看一看，感受一下残留的气氛。此行是为了安慰刚失去独生女的姐姐，所以阿静同意了去本牧，她并不知道丈夫的真实意图。

## 6

阿静又见到了父母，距离上次见面大约隔了一个月。外孙女智子逝去后，两位老人家每逢休假便从足利来到东京，和女儿相互寻求安慰。时至今日，阿静才知道这件事。她看到父母憔悴的面容中饱含着深沉的悲伤，不觉一阵心痛。两位老人原本有三个外孙辈——长女良美的女儿智子，次女纪子的儿子健一，以及浅川夫妇的女儿阳子。三个女儿各有一个小孩，并不算多，但智子是长外孙，所以每次见到智子，两位老人脸上总会绽放喜悦的笑容，对她也格外宠爱。然而父母现在的心情如此低沉，她都无法分清到底是姐姐与姐夫的悲伤更为深重，还是父母更为悲切。外孙女真的有那么可爱吗？

今年刚满三十岁的阿静，只好想象着自己的孩子死了会怎样，努力揣测姐姐的悲伤。但是不管怎样，女儿阳子才一岁半，根本无法与智子相比。阿静想象不出岁月的更迭沉积会如何加深亲人间的情感。

过了下午三点，家住足利的父母准备启程回家。

阿静觉得很不可思议。平时老公总是唠叨着忙啊忙的，这次为什么主动提出探望大姐呢？之前为了赶稿子，他连智子的葬礼都没有参加。平时不到吃晚饭的时候往往见不到他的人影。此外，老公只见过外甥女智子几次面，两人也应该没有亲密交谈过，按理说他不会如此怀念她、不忍她离去。

“老公，我们也该……”阿静轻敲浅川的膝盖，附在他耳边低声说道。

“阳子这孩子好像困了，要不我们就让她在这里睡一下吧。”

浅川夫妇今天把女儿也带来了。平时，这会儿正是她午睡的时间。阳子的眼神确实已睡意朦胧。但是如果让她在这儿睡，他们就得多待两个小时。面对刚丧女的姐姐和姐夫，这两个小时里到底该说些什么呢?

“不能让她在电车上睡吗？”阿静压低声音说。

“上次这样，她就跟我们闹别扭了，弄得我们好惨。我可不想再这样了。”

每当阳子在喧闹的人群中有了睡意，就会变得特别难缠。她会双手双脚不停乱动，扯着嗓子大哭大闹，搞得父母很为难。一旦开口骂她，更如火上浇油。除了想方设法哄她睡着，没有别的法子能让她消停。每到这种时候，浅川就很在意周围的视线。人们露出厌烦的神情，认为是当家长的给他们带来了这样的烦扰。其他乘客以备受困扰的眼神默默指责时，浅川都会感到窒息，只好沉默不语。阿静也不愿看到丈夫脸上的肉神经质地颤抖。

“既然你都这么说了……”

“就这么办，让她到二楼去睡一会儿吧。”

阳子的头枕在妈妈的膝盖上，双眼半睁半合。

“我去哄她睡。”浅川用手背轻抚着女儿的脸颊。他平常很少照顾孩子，这句话让阿静感到很稀奇。难不成他是感受到父母失去孩子的悲痛，懂得将心比心了?

“你今天是怎么啦，总觉得有点不对劲。”

“没事，看样子很快就睡着了，交给我吧。”

阿静把女儿交给浅川。“那就拜托啦。你平时也这样帮我就好了。”

从母亲的胸口移到父亲的怀里，阳子微微皱了皱眉头，还没哭出来，又进入了梦乡。浅川抱着女儿上了楼。二楼有两间和室及一间智子先前住的西式房间。他轻轻把阳子放在朝南的和室的被窝里。女儿发出轻柔的鼻息声，已经沉沉地睡着了。看来没必要在旁边陪她了。

浅川蹑手蹑脚地走出和室，观察着楼下的动静，溜进智子的房间。对于这样侵犯死者隐私的行为，他感到有点理亏。但是为了一个伟大的目的、为了惩治一项恶行，只能这样做。他又感到悲哀：竟然要这样找出种种理由来，使自己的行为正当化。他辩解着：我不是为了写报道，只是为了找出你们四人共同待过的时间和场所，稍稍打扰你一下啊。

浅川打开书桌的抽屉。里面整齐地收放着女高中生常用的文具，还有三张照片、小置物盒、信件、备忘簿和针线。她死后，父母收拾过吧？不，不像。她原来好像挺爱整洁。能找到日记本之类的东西就省事了。× 月 × 日，在哪儿，和辻遥子、能美武彦、岩田秀一四人……能找到这样的记述就好了。浅川从书架上拿起一本笔记本，快速浏览了一下，又从抽屉最里边找到一本很女性化的日记本，只有前面几页寥寥记着几笔，日期已经相当久远。

书桌旁的彩色箱子里并没有装书，而是放了一个红色花纹的小化妆盒。浅川拉开化妆盒的抽屉，里面摆着无数廉价的饰品。可能是经常丢失的缘故，大多数耳环都不成对。随身携带的梳子上面还缠绕着几根细细的头发。

浅川打开定做的衣柜，一股女高中生的气息扑鼻而来，里面挂满了色彩艳丽的连衣裙和短裙。看来姐姐和姐夫还没有想好怎样处理这些渗透着独生女气息的衣物。浅川侧耳倾听楼下的动静。如果这时候让姐姐和姐夫看到，不知他们俩会怎么想。

四周寂静无声。妻子和姐姐、姐夫似乎正在深入交谈着什么。浅川在每件衣服的口袋里摸索，手帕、半价的电影票、口香糖的纸包，西服小口袋里则放着餐巾纸和月票。他打开来看，是从山手到鹤见的月票，还有学生证和一张卡。卡上写着一个名字——野野山结贵。哎呀，这名字该怎么念啊，是 YUKI 还是 YUUKI？是女的还是男的？从名字上看不出来。为什么这张写着别人名字的卡会在这里？这时，传来了上楼的脚步声。浅川把卡放进自己的口袋，再将月票放回原处，关上了衣柜。他走到走廊，正好良美也上了二楼。

"请问，二楼也有厕所吗？"浅川的神情显得有些慌张。

"就在那边的尽头。"良美似乎没有起疑心，"阳子乖乖地睡了吗？"

"嗯，不好意思，打扰你们了。"

"没有关系。"良美轻轻点点头，手贴着和服的衣带走进了和室。

在厕所里，浅川拿出了卡，这是太平洋休闲俱乐部的会员证。下面写着野野山结贵的名字和会员号码、有效期限。他把卡翻过来看，背面列着五条注意事项和公司名称与地址——太平洋休闲俱乐部有限公司、东京都千代田区曲町 3-5 号、TEL：(03) 261-4922。如果不是捡来或偷来的，这张卡恐怕是智子向野野山借来的。当然是为了利用太平洋休闲俱乐部的设施。这是在什么地方、什么时候发生的事？

不能在这儿打电话，于是浅川借口去买烟，向外面的公用电话亭跑去。他拨通电话。

“你好，这里是太平洋休闲俱乐部。”电话里传来一位年轻女子的声音。

“不好意思，我想知道凭贵公司的会员证可以利用什么设施？”

对方半天没有回答，或许是可利用的设施太多，三言两语无法说清吧。

“啊，我的意思是……从东京出发玩两天一夜的地方……”浅川补充道。如果四个人一起离家住两三天的话，很容易被家人发现。依据他目前的调查来看，家人并没有发现，因此四人至多是在近处的地方投宿了一晚。这样，随便说住在朋友家里，就可以瞒过父母。

“南箱根有太平洋乐园这样的综合设施。”年轻女子公事公办地回答道。

“具体说，我可以享受什么样的休闲活动呢？”

“嗯，我们有网球、高尔夫球、户外运动和游泳池等。”

“住宿方面呢？”

“我们有旅馆和出租的别墅小木屋。如果您方便，我们可以寄说明书给您参考。”

“好的，那就麻烦您了。”为了轻松地打听到相关信息，浅川佯装成俱乐部的客人，“请问一般客人也可以住旅馆和别墅小木屋吗？”

“是的，可以。不过收费以一般费用为标准。”

“这样啊，请告诉我一个那边的电话号码。我想找个时间过去看一看。”

“如果您想住宿，这边可以接受预约。”

“嗯……不用了，我这边有车，或许会一时兴起突然造访……你说吧，电话号码。”

“请您稍候。”

浅川拿出了便笺和圆珠笔。

“您准备好了吗？”电话里再次传来女子的声音。她告诉浅川两个十一位数的电话号码。外市的电话号码特别长。浅川迅速记下来。

“另外，我想再确认一下，贵公司在其他地方有类似的设施吗？”

“在滨名湖和三重县滨岛町有同样的综合休闲乐园。”

太远了，高中生和补习生不可能有钱跑到那种地方去吧？

“它们名副其实地面向太平洋。”

之后，这位女子开始不厌其烦地解说，成为太平洋休闲俱乐部的会员后，可以享受到多么好的待遇。浅川听了几句，趁机打断对方:“我知道了。其他事项我会看贵公司的业务指南。我告诉你地址，麻烦给我寄份过来。”

浅川报上住址，便挂了电话。如果手头阔绰，倒是可以考虑成为他们的会员。听了那位女子的说明后，他真的有些动心。

阳子睡了一个小时就醒来了，阿静住在足利的父母也回去了。阿静站在厨房，正在帮时常发呆的姐姐清洗餐具。浅川则十分殷勤地将餐具从客厅拿到厨房。

“喂，你今天怎么回事啊，不对劲。”阿静一边洗餐具一边说，“又是哄阳子睡觉，又是到厨房来帮忙，是心境发生了变化吗？你能一直这样就好了。”

浅川正在想事情，不想被打扰。此刻他真希望阿静能像她的名字一样安静下来。而想让女人闭嘴，就只有对她置之不理。

“对了，老公，阳子睡觉前你帮她换尿布了没？把人家的床尿湿了可不好。”

浅川没有理会阿静，而是扫视着厨房的墙壁。智子就死在这里，据说当时玻璃碎片散落了一地，可乐也洒了一地。或许她是从冰箱里拿出可乐想喝的时候，被那种病毒侵袭。浅川试着模仿智子的动作，把冰箱打开，然后想象自己拿着一个玻璃杯，做出要喝的样子。

“老公，你在做什么？”阿静张大嘴巴盯着他看。浅川依然我行我素，一边摆出喝可乐的样子，一边回头往后看。一回头，他看到了把客厅和厨房隔开的玻璃门。水池上的荧光灯反射在门上。

或许是因为外面天色还亮，客厅里也是灯火通明，玻璃门上只映出了荧光灯的亮光，没有将站在这边的人的表情也映照出来。如果玻璃门的对面漆黑一片，这边的光线却十分明亮，就跟那天晚上智子站在这里的情况一样了。这扇玻璃门应该会变成一面镜子，将厨房里的景物都映照出来，就连智子那张因恐惧而扭曲的脸也无所遁形。浅川暗自思忖，只有这块玻璃把发生的一切都记录下来，根据光亮与黑暗的变化，既可以变得透明，又可以变成镜子。浅川中邪似的将脸凑近玻璃。阿静想拍打他的脊背时，二楼传来了孩子的哭声。阳子醒了。

“啊，是阳子。她醒了。”阿静用毛巾擦干手。可是阳子这次睡醒后，哭声却极其剧烈。阿静慌忙跑上二楼。

这时良美走了进来。浅川拿出先前那张卡。

“这张卡掉到钢琴底下了。”浅川若无其事地说，等待着良美的反应。良美接过卡，翻过来看。

“奇怪，怎么会有这种东西？”她诧异地歪着脑袋。

“会不会是智子向朋友借的？”

“可是我没听过野野山结贵这个名字。这孩子的朋友里有叫这个名字的吗？”良美满脸困惑地看着浅川。“真是的，这应该是很重要的东西吧，只是那孩子已经……”良美的声音哽咽起来。一点琐事就会勾起她内心的悲痛。浅川犹豫着该不该问她。

“请问……智子在暑假有没有和朋友一起到这个休闲俱乐部去玩……”

良美摇了摇头。她非常信任女儿。女儿绝不是那种为了和朋友在外住宿而向父母撒谎的孩子，何况她还是个应届考生。浅川非常理解良美的心情，也不想深究智子的事。这位临考的女高中生如果说要和男性朋友到出租别墅去玩，铁定遭到父母拒绝。她一定撒谎说去朋友家中学习。父母对此一无所知。

“我去找这张卡的主人，把卡还给他。”

良美默默地低下头。这时，她听到丈夫在客厅叫她，便跑出了厨房。刚失去独生女的父亲此刻正坐在崭新的佛坛前，对着智子的遗照喃喃自语。声音听起来是如此凄惨，浅川不禁黯然神伤，他在内心深处仍无法正视这个事实。他只有暗自祈祷，希望这对夫妇尽快重新站起来。

浅川思考着，野野山把休闲俱乐部的会员证借给智子，他在得知智子的死讯后，应该立刻与智子的父母取得联系，要回会员证。但是，良美却对此事一无所知。野野山应该不会忘记会员证的事。尽管他是他父母的家族会员，但是既然付了那么昂贵的会费，会员证不见了，他们也不可能无动于衷。这如何解释？

于是浅川分析：野野山或许将这张卡借给了其他三个人——也就是岩田、辻和能美当中的某一个，但是由于某种原因，卡却落在了智子的手里，之后便一直留在她这儿。野野山与借用这张卡的人的父母联系，对方的父母也找遍了孩子的遗物，但肯定找不到。这么一来，如果和另外三名死者的家人取得联系，或许可以毫不费力地得到野野山的住址。今天晚上就拨个电话问问看。

如果仍然找不到线索，这张卡就不大可能为四人提供过共同的时间和场所。无论如何都要和野野山见面谈谈。实在不行，只有从太平洋休闲俱乐部的会员号码去查找他的住址。没准直接向这家公司打听，也能轻而易举地把他的住址弄到手。内行知内幕。倘若利用报社的资源，一定什么都能弄到手。

这时好像有谁在叫他，是从远处传来的声音。“……老公……老公！”妻子的声音混杂在孩子的哭声中，听起来非常惊慌。

“喂，老公，你能不能过来一下？”

浅川顿时清醒过来，几乎想不起刚才在想些什么。不知为何，女儿今天哭得有些不正常。浅川越往楼上爬，这种感觉就越强烈。

“怎么回事？”他责问妻子。

“不对劲啊，这孩子好像中了邪，哭声和平常不一样。不是生病了吧？”

浅川把手放在阳子的额头上——没有发烧。可她的小手却抖个不停，带得整个身子都在抖动，时不时地，脊背也跟着微微颤抖。而且，她满脸通红，双眼紧闭。

“她什么时候开始这样的？”

“不会是醒来时四周没人的缘故吧？”

孩子醒来时，如果妈妈不在身旁，她多半会哭。但是只要妈妈跑过来抱着她，她马上就不哭了。婴儿通过哭来表达需求，而这需求到底是什么呢？这孩子一定是想说些什么，不像在撒娇。她用两只细胳膊挡住了脸……是害怕！没错，这个孩子是因为过度恐惧才哭的!

阳子别开脸，微微松开握紧的拳头，像是在用手指着对面。浅川顺着那个方向看过去，是柱子。他继续往上看，只见天花板下面三十厘米的地方悬挂着一个拳头大小的般若面具。这孩子是害怕鬼面具吗?

“喂，是那个。”浅川用下巴指了指那个面具。夫妻俩看了一眼般若面具，然后慢慢地转过头来望着彼此。

“难道你是说……这孩子怕鬼?”

浅川站了起来，摘下柱子上的般若面具，把它翻过来放在橱柜上。阳子看不到它，立即停止了哭泣。

“阳子乖，不怕鬼鬼了。”阿静弄清原因，顿时松了口气，她欣慰地把脸贴着女儿的脸颊。浅川却无法释然，不知为何，他再也不想待在这个屋里。

“喂，我们赶快回去吧。”他催促着妻子。

傍晚从大石家回来后，浅川依次给辻、能美还有岩田的家人打电话，主要是向他们求证，是否听孩子的朋友提过休闲俱乐部会员证的事。最后一个接听电话的是岩田的母亲。

“有一个自称我儿子高中学长的人打来电话，想要回他先前借给我儿子的休闲俱乐部的会员证……可是，我找遍了儿子房间的每个角落，还是没找到，我正不知道该怎么办才好呢。”这位母亲喋喋不休地说。由此，浅川知道了野野山的电话号码，立刻打了过去。

野野山说，八月的最后一个星期日，他在涩谷和岩田见了面，把那张会员证借给了岩田。当时岩田好像说要和邂逅的一名女高中生去投宿。

“暑假就要结束了，再不趁这最后几天玩一玩，怎么能全力以赴地应付考试呢。”

野野山笑了。“笨蛋！补习生哪有什么暑假啊！”

八月的最后一个星期天是二十六日，之后，如果他们想到哪儿投宿，很有可能在二十七日、二十八日、二十九日和三十日当中的一天。否则一到九月，不要说补习生，就连一般的高中生也要迎来新学期了。

或许是在陌生的环境里待久了疲乏的缘故，阳子很快就和身边的阿静一起睡着了。浅川把耳朵贴在卧室的门上，里面传来两人微弱的鼻息声。晚上九点，这于浅川而言是心情最为舒畅的时刻。只有妻子和女儿都睡着了，他才能在这套狭小的两居室公寓里安心工作。

浅川从冰箱拿出啤酒，倒入玻璃杯。由于发现了那张会员证，调查工作总算迈进了一大步。八月二十七日到三十日这四天当中的某一天，岩田秀一他们四人极有可能使用过太平洋休闲俱乐部的住宿设施。而在这些设施当中，位于南箱根太平洋乐园的别墅小木屋的可能性最大。就距离而言，他们不太可能到箱根以外的地方去，而且高中生没什么钱，也不可能去奢侈地住酒店。一般来说，他们会使用会员证去投宿廉价的出租别墅。使用会员证在那儿租一栋别墅需要五千日元，一个人只要一千多日元。

手里现在就有别墅小木屋的电话号码，浅川将纸条放在桌上。只要打电话到那儿的前台，就可以确认四人是否以野野山的名义去投宿过。不过前台也未必回答。休闲俱乐部内的管理员都经过特别的培训，把保护客人的隐私视为义务。就算出示大报社记者的身份，把调查目的明确告知管理员，对方在电话中也不会透露什么。如果先和当地的分社取得联系，请有门路的律师要求对方出示住宿登记会怎样？但管理员只有义务把住宿登记交给警察和律师看，假扮的话很容易被识破，给报社带来麻烦，得找一个安全稳当的方法才行。

这样一来，怎么也得花上三四天。浅川可没有这个耐性。他现在就想知道答案，根本等不及三天，他对解开这个事件的谜底有一股炽烈的热情。假如四人真的在八月底到南箱根太平洋乐园的别墅小木屋住了一晚，因此导致神秘死亡，在那儿究竟发生了什么事？是病毒吗？他心里很清楚，把那东西叫病毒其实是逞强，显示自己不会被神秘的事物压倒。面临超自然的力量时，我们会用科学来解释，这在某种程度上来说合情合理。对于自己不明白的事物，我们无法用听不懂的语言论述，必须置换成听得懂的语言来解释。

浅川突然想起阳子的哭声。今天下午阳子看到鬼面具后，为什么吓成那样？

在回家的电车上，浅川问阿静：“哎，你对阳子讲过鬼吗？”

“啊？”

“你有没有用画册或什么东西告诉过阳子，鬼很可怕？”

“怎么可能……”

夫妻俩的谈话到此为止。阿静并没有产生任何疑问，浅川却一直惦记着此事。除非是触动了人类的本能，否则女儿不会被吓成那样。这和被他人告知“这种东西很可怕”而产生的恐惧不一样。在类人猿时代，人类经常生活在恐惧中，要面对雷电、台风、野兽、火山爆发，还有黑暗……因此我们知道，孩子第一次听到打雷和看到闪电时，就会本能地感到害怕。然而雷电毕竟是现实生活中客观存在的事物。可是鬼呢？查字典，我们会发现对“鬼”的注解是“想象中的怪物”或“死者的灵魂”。如果阳子是因为鬼的面容可怖而害怕，她在见到同样面容可怖的哥斯拉怪兽模型时，也理应感到害怕才对。阳子曾经在百货公司的橱窗里见过一次，那个哥斯拉怪兽模型制作得相当精巧。当时她不但不觉得害怕，反而露出好奇的眼神，呆呆地看了很久，这又该如何解释呢？有一点可以明确，哥斯拉毕竟只是想象中的一种怪物，而鬼……难道只有日本才有鬼吗？不对，西方也有类似的东西，只不过叫它为恶魔……

和第一杯相比，浅川感到啤酒的口味没那么浓了。此外，阳子还有害怕的东西吗？对了，还有黑暗。这孩子极其怕黑。没有开灯的房间，她是绝不敢单独进去的。黑暗是光明的另一个极端，也是客观存在的事物。而此刻，在黑暗的房间里，阳子正依偎在妈妈的怀里甜甜地睡着。

# 第二章

# CHAPTER 02

# 高原

## 1

## 10 月 11 日　星期四

雨越下越大，浅川调快了雨刷的速度。箱根的天气真是说变就变，原本小田原一带还是晴空万里，可随着海拔增高，空气开始变得湿润。在抵达山顶前，浅川遇上了好几次暴风雨。如果是白天，还可以根据箱根山上的云大致预测山里的气候，在夜里却只能注意车灯下前方的路况。偶尔停车仰望夜空，才发现天上的星星已不知何时无影无踪。他在东京车站搭乘下行的回音号列车时，街头还只是笼罩着一层薄暮；他在热海车站租车时，月亮在云缝间时隐时现；可是此时此刻，那些曾经在车灯的光晕里飘飘洒洒的细小雨丝却已然变为真正的雨滴，敲打着前面的挡风玻璃。

仪表盘正上方的液晶时钟显示着 19:32。浅川迅速心算了一下到这儿用的时间：17:16 搭上由东京出发的下行列车，到达热海时是 18:07；出了检票口，办完租车手续时是 18:30；然后在超市买了两个桶装方便面和一小瓶威士忌，思索着该如何开出这个单行线很多的市区，当时是19点。

这时，他的眼前出现了一条裹在橘黄色灯光中的长隧道。穿过这条隧道，进入热函公路，应该能看到南箱根太平洋乐园入口的指示牌。他开车进入横穿丹那断层的隧道时，耳边的风声变了。与此同时，车内的物体都被橘黄色的灯光照耀着，无论是皮肤的颜色还是副驾驶座的座椅，都失去了往日的沉稳和平静，令人不寒而栗。对面没有一辆车，只听到雨刷轻擦挡风玻璃的吱吱声。他关掉雨刷，心想，八点之前应该可以到达目的地。此刻马路上空无一人，可是他并没有猛踩油门的冲动，不知为什么，他似乎讨厌去那个地方。

今天下午4:20，浅川一直守在报社那台吱吱作响的传真机旁。他在等热海通讯部的答复。传真上应该复印了别墅小木屋在八月二十七日到三十日的住宿登记。终于看到传过来的复印件，他欣喜不已。猜得没错，那上面果然记录着四个人的名字——野野山结贵、大石智子、辻遥子和能美武彦。二十九日，四人住在别墅小木屋的B-4号房间。很明显，岩田秀一冒用了野野山的名字。因此，这四人共处的时间和场所也就水落石出了：八月二十九日星期三，南箱根太平洋乐园别墅小木屋的B-4号房间。时间正好是四人神秘死亡一个星期之前。浅川立即拨通了别墅小木屋的电话，预定今天晚上的B-4号房间。只要能赶上明天上午十一点的编辑会议，他有充裕的时间在那里住一晚。

去看看吧，一定要到现场去看看。他有些迫不及待。在那儿等着的会是什么，他不得而知。

穿过隧道后，来到了收费站。浅川一边递上三枚一百日元的硬币一边问："南箱根太平洋乐园是在前面吗？"其实他在地图上确认了无数次，只是觉得好久没见到人了，很想和对方说说话。

"前面有个指示牌，请在那儿向左拐。"

浅川接过收据，心想，这儿的车流量这么少，人工费肯定相当高。这个男人究竟打算在收费站里站到什么时候呢？浅川迟迟没有开车，男人一脸诧异地看着他。他只好勉强挤出一丝笑容，慢慢发动了车子。

数小时前，发现那四人共处的时间和场所时，浅川曾欣喜若狂，但此刻那股喜悦早已荡然无存。那四个曾经在别墅小木屋住了一晚、一周后死去的人，面容在眼前若隐若现，仿佛在笑着告诉他：现在打退堂鼓还来得及！但是事已至此，他无法退缩。新闻记者的本能也在发挥强大的作用，只不过单枪匹马行动让他多少感到恐惧。倘若叫一声，恐怕吉野二话不说就跟来，可毕竟同行是冤家。有谁既不会添乱，又能一道追踪这件事呢……也不是没有合适的人选。有兴趣帮忙的只有一个人，他在这方面知识渊博，是某大学的客座讲师，时间也很宽裕，正是最合适的人。但能否和这个脾气乖戾的人处得来，浅川心里很没底。

斜坡上立着去往南箱根太平洋乐园的指示牌，上面没有霓虹灯装饰，只用黑油漆在白底油画板上写着字。如果在车灯扫射到指示牌的那一瞬间没看到它，就很容易错过。浅川驱车左转，缓缓攀上了田间的山路。去休闲俱乐部的道路非常狭窄，令人担心是不是走到了尽头。弯道很急，又没有路灯，浅川只好放慢速度往上爬。一旦对面有车开来，他都没法给对方让路。

雨不知什么时候停了，浅川突然发现以丹那断层为分水岭，东边和西边的天气居然相差这么大。

山路似乎没有尽头，一直向上延伸。车子接着往上爬，山路两旁出现一座座正在出售的新别墅。马路突然变成了双行线，两旁装饰着华丽的路灯，路况也陡然好起来。浅川十分惊讶。一进入太平洋乐园的领地，放眼望去，处处装饰奢华。那条田间山路到底是什么呢？在那儿，茂密的玉米和丈把高的草茎从两侧垂到路面，使原本就很窄的山路愈发狭窄，前方随时都可能出现急转弯，愈发让人忐忑不安。

宽阔的停车场对面有一栋三层建筑，是服务中心兼餐厅。浅川不假思索地把车停在大厅前面，步入大堂。他抬头看了一眼时钟，正好八点，和他先前估计的一样。这时，不知从哪儿传来砰砰的打球声。他循声望去，看见服务中心下面有四个网球场，几对男女正在黄色的灯光下兴高采烈地打球。令人惊讶，这四个球场居然都挤满了人。浅川实在无法理解，这些人究竟是发什么神经，居然在十月上旬星期四的晚上八点跑到这种地方打球。再向网球场的正下方望去，三岛和沼津的夜景尽收眼底，前方黑魆魆一片田子海湾里的海水。

浅川走进服务中心，里面是餐厅，有整面的玻璃幕墙，因此餐厅里的情形在外面可以一览无遗。这也让浅川十分惊讶。餐厅只营业到八点，里面却仍有一半座位坐着客人，有举家出游的，也有清一色的女子团队。浅川百思不得其解，这些人到底是从哪儿来的？他无法想象大家都是从刚才走过的那条山路来的。该不会我刚刚走的是小路，实际上还有一条更加宽敞明亮的路？可是在解说太平洋乐园的方位时，那个女人在电话中是这么说的："在热函公路的中途往左拐，然后请沿着山路上山。"浅川就是按照她的指示做的，应该不会另有近道。

尽管知道餐厅准备打烊，他还是走了进去。宽敞的玻璃窗下，精心修剪过的草坪呈现出平缓的弧度，向夜色中的街道蔓延而去。餐厅内灯光昏黄，可能是为了向客人展现更加美丽的夜景吧。浅川一把抓住从身边经过的服务生，打听别墅小木屋的方位。服务生指了指浅川刚进来的大堂："从那条路往右，直着走大约两百米就可以看到管理员办公室了。"

"有停车场吗？"

"管理员办公室前面就是停车场。"

其实浅川不绕到餐厅来，接着往前走，也肯定能抵达目的地。他为何会被这座现代建筑诱惑，厚着脸皮走进餐厅呢？浅川禁不住舒了口气，分析自己的心理：他把黑暗的圆木小屋想象成电影《十三号星期五》中的一幕，与"现代"这个词似乎相去甚远。但事实上这儿并没有那种阴森的气氛。只要在这儿找到现代科学留下的痕迹，他就会安心许多。令他不解的是，从山下到这里的山路这么险恶，却仍有这么多人来到山上这个世界享受打网球和用餐的快乐。他想不通这些人为何会被吸引到这儿来，总觉得这儿的人都不像活人。

网球场和餐厅里都人满为患，因此浅川期待着从小木屋那儿传来晚饭后人们聚在一起的欢笑声。可是站在停车场一端俯瞰山谷，他只能看见散布在缓坡上的十栋小木屋中的六栋，再往下连路灯都没有，室内也没有透出一丝光线，完全被淹没在夜幕下浓暗的树荫中。浅川今晚将投宿的 B-4 号房似乎刚好位于光与暗的交界处，此时只能看到它正门的上半部。

浅川绕到正面，打开管理员办公室的门走进去。里面虽然传来电视的声音，却见不到半个人影。原来管理员坐在左后方的和室里，没发现有人进来，浅川也被前台挡住了视线。管理员好像不是在看电视节目，而是在看外国电影的录像。英文字幕和闪动的画面映到浅川面前的橱柜玻璃上。橱柜抽屉里塞满录像带。浅川扶着柜台，打了一声招呼。不一会儿，一个六十岁左右的小个子男人探头向他点头致意："啊，欢迎光临！"热海通讯部同律师一起来这儿调查时，一定是这个男人把住宿登记簿给他们看了。浅川笑容可掬地说道："我是预定了房间的浅川。"

男人打开登记簿确认："是 B-4 房间吧？请在这儿写下您的姓名和地址。"

浅川在登记簿上写下了真名。昨天他已把野野山的会员证邮寄给了本人，现在手头没有会员证。

“是您一个人吗？”管理员抬起头，一脸狐疑地看着浅川。此前还从没有客人单独在这儿住过。按一般费用来算，一个人的话住酒店更划算。管理员递给浅川一套被单，回头看着橱柜说：“来一盘怎么样？我们这儿的大片应有尽有。”

“哦？出租录像带？”浅川迅速瞄了一眼满墙的录像带，有《夺宝奇兵》《星球大战》《回到未来》《十三号星期五》……都是些以科幻片为主的外国大片，还有不少新片，想必来这里投宿的都是年轻人。没有浅川感兴趣的片子，而且他来这儿是为了工作。

“很不巧啊，我还有工作要做。”浅川把放在地上的手提文字处理机提起来给对方看了看。管理员似乎明白了他一个人来的原因。

“餐具什么的都有吧？”浅川追问道。

“有，您可以随便使用。”

其实浅川只需要一个可以烧开水、泡方便面的水壶。他接过被单和房门钥匙，正准备离开办公室时，管理员忙着说明了 B-4 号房间的方位，又异常恭敬地说了一句：“希望您住得舒适。”

开门前，浅川取出准备好的橡胶手套戴上。这是保证不被神秘病毒侵犯的护身符，也能让他心安。

浅川打开房门，按下玄关旁的开关，在一百瓦灯光的映照下，一间四十平方米大小的客厅展露无遗。从壁纸到地毯、四人座沙发、电视、餐具，所有东西都是新的，看起来相当实用。浅川脱了鞋子，进入客厅。客厅对面有一个阳台，二楼和一楼各有一间九平方米的和室。一个人住这么大的房子确实奢侈。浅川把蕾丝窗帘和玻璃门一起拉开换换空气。令他有些失望的是，室内打扫得一尘不染。他脑中闪过一个念头：自己很可能无功而返。

浅川走进客厅旁边的和室，打开橱柜，里面什么也没有。他脱下衬衫和休闲裤，换上针织衫和运动裤，然后把脱下的衣物挂在衣橱里。接着，他爬上二楼，点亮了和室里的灯。真是孩子气啊！浅川苦笑，原来他竟然把房里所有的灯都点亮了。

把房间弄亮后，浅川轻轻打开了厕所的门，看了一下里面，然后让门开着一丝缝。这让他想起小时候玩的试胆游戏。那时，夏夜里他不敢一个人去上厕所，于是把门打开一条细缝，让父亲在外面等。卫生间的毛玻璃后面是一间干净的浴室，里面没有残留的水汽，浴缸和洗脸池也都是干的。可见最近没有客人住在这儿。浅川想脱下橡胶手套，但是出了汗，橡胶手套粘在手上怎么也脱不下来。这时，一阵高原上的冷风吹进来，窗帘也跟着飘飞。

浅川从冷柜里拿出冰块装满玻璃杯，接着倒入半杯先前买的威士忌。正想加水的瞬间，他犹豫了，随即关上水龙头。他还没有勇气食用这个屋里的东西。对冷柜里的冰块没有戒备，是因为他一直认为微生物既不耐热也不耐寒。

他把身体深埋在沙发里，打开电视，一位新歌手的歌声随即流淌出来。这一时段，东京也在播放同样的节目。浅川换了一个频道。虽然他无心看电视，但还是把音量调得适中，从包里拿出摄像机放在桌上。这是为了发生突发事件时能把经过一一摄录下来。

他啜了一口威士忌。虽然只是一小口，却让他镇定了不少。然后他把整件事的来龙去脉重新在头脑中过了一遍。如果今晚在这里找不到线索，原本想写的报道就泡汤了。可是换个角度来看，这样反倒更好。找不到任何线索，也就意味着他不会感染那种病毒，有妻有女的他可不想莫名其妙地死去。他把腿架到桌上——果真是在等待什么吗？不害怕吗？喂，你不害怕吗？搞不好死神会找上你呀！

浅川不安地环视四周，目光怎么也无法集中。每当凝视着一个物体，他想象的东西就好像会现形一样，令他惊恐不已。

这时，窗外一阵冷风穿堂而入。他关上窗，正想拉上窗帘时，不经意地瞥了一眼窗外。正前方是B-5号房间的屋顶，它的影子形成一道更加浓重的黑暗。网球场和餐厅里挤满了人，为什么这儿却只有我一个？他拉上窗帘，看了一下手表，8:56。在这间屋子里还不到半小时，却感觉好像已过了一小时。待在这儿并不一定就有危险，他安慰着自己，试图镇定下来。况且别墅小木屋建成已有半年之久，在B-4号房间住过的客人也为数不少，可是并没有都死掉。据他调查，目前为止只有那四人死了。追踪调查下去的话，或许会查出更多这样的死亡事件，但是尚未发现其他类似案例。总之，在这儿住并不是问题所在，关键在于他们在这儿做了什么，不，应该说他们在这个房间里能做什么?

无论在厕所、浴室还是橱柜和冰箱，都没有发现任何线索，即使有，想必也被刚才那个管理员处理掉了。与其在房间里无所事事地喝威士忌，不如去问问管理员更快一些。

浅川喝完第一杯，又续了一点。这点酒还不至于喝醉。接着，他倒入了很多水,这回用的是自来水。那种危机感似乎缓解了一些，他开始觉得利用工作空当跑到这种地方来调查真是愚不可及。他摘下眼镜洗了把脸，镜中映出他那张苍白病态的脸。搞不好我已经感染上病毒了……浅川一口气喝光了刚调好的酒，又调了一杯。

他从厨房回到客厅，突然在放电话的柜子上发现一个笔记本，封面上写着“旅途的回忆”。他翻开来。

4 月 7 日　星期六

暖子绝不会忘了今天这个日子，为什么？这是秘密，优一好温柔哦！嘻嘻嘻！

暖子

原来这是旅馆等地方为旅客准备的书写旅途回忆和感想的笔记本。下一页拙劣地画着父亲和母亲的脸。估计这是带着小孩出游的一家人。日期是四月十四日，也是星期六。

爸爸是胖子。

妈妈是胖子。

所以，我也是胖子。

4 月 14 日

浅川一页一页地翻看。尽管他有一种强烈的欲望，想从后面开始看起，但还是逼着自己按顺序翻下去，因为打乱顺序，有可能会疏漏某些内容。

很多旅客并不会留言，因此无法知道确切的入住情况。但在暑假之前，大多数旅客都在星期六入住。一到暑假，日期间隔便缩短了，接近八月末，感叹夏天即将结束的声音也越来越多。

8 月 20 日　星期日

啊！暑假就要结束了，什么好事也没有碰上！谁来救救我？救救我这个可怜的人吧！我有一辆四百毫升排量的摩托车，长得很帅，认识我很划算哦！

A.Y.

写着写着，好像就变成了寻求女友和展示自己的征友启事了。他们的想法都大致相同。曾经在这儿共度良宵的情侣，留言多少流露出柔情蜜意，而没有恋人的旅客，则会借着笔记本大肆抒发一下想找恋人的心情。

8 月 30 日　星期四

警告！没有胆量的家伙不要看这个！否则你会后悔的！嘿、嘿、嘿！

S.I.

就是这个。八月三十日是那四人入住的第二天早上。“S.I.”应该是岩田秀一名字的缩写。只有他写的内容和其他人不一样。这是怎么回事？“这个”到底是什么？浅川暂且合上笔记本，看着它的侧面。这时他发现笔记本的侧面有一条细缝。他把手指伸进里面，笔记本自动打开了。刚才的几行字登时映入眼帘。或许是那四个人打开这一页，把什么东西放在上面。由于重量所压，这一页至今仍能自动打开。放在上面的“东西”一定就是岩田秀一说的“这个”。

浅川环视四周，翻遍了电话柜子的每个角落，什么也没找到，连一支铅笔也没有。

他重新坐回沙发上，继续往下看。下一篇的日期是九月一日星期六，只写了一些平淡无奇的内容。不知道这一天入住的大学生们是否看过“这个”？他找遍了之后的记录，也没再发现和“这个”相关的内容。

浅川合上笔记本，点了一根烟。既然本子上写着“没有胆量的家伙不要看这个”，“这个”的内容一定相当恐怖。他又随意翻开笔记本，用手轻轻压住。“这个”的重量应该足以抵抗纸张闭合的力量。如果是一两张灵异相片，应该没这么重，会不会是周刊杂志或者单行本？应该看一看这东西。还是去问一问管理员吧，八月三十日那一天，房客离开后，屋里有没有留下什么奇怪的东西。如果“这个”能让他觉得奇怪，他一定记得。浅川站起来，视线突然落在了面前的录像机上。此时电视仍开着，画面上正在播放一个抱着吸尘器的女明星追着丈夫跑，像是某个家电厂商的广告。

对了，录像带的重量刚好可以。

浅川弯腰捻熄香烟，脑中倏地浮现出刚才在管理员办公室看到的录像带。或许他们偶然看到一部非常恐怖的电影，觉得不错，想把这部片子推荐给别人。真是这样的话，为什么岩田秀一不用专有名词呢？譬如可以告诉某个人，《十三号星期五》这部片子很精彩，不必用“这个”来代替。由此推断，他说的“这个”很可能是一种不知该怎么表示的东西。

怎么办？还有调查的价值吗？

既然目前没有其他的线索，姑且试试这条线也没什么损失。待在这种地方胡思乱想也得不出结论。于是，浅川走出玄关，迈上石阶，推开了管理员办公室的门。

和刚才一样，前台那儿依然看不到管理员的人影，只听到里面传来电视机的声音。从城里的公司退休后，他一定希望在大自然中度过余生，又找了份在游览地当管理员的工作，可是常常觉得无聊，只好靠录像带来打发日子……浅川揣测着这位管理员的境遇。还没来得及叫他，管理员已经过来，探出了脑袋。浅川随便找了个理由："我还是想借一些录像带……"

管理员一听，马上露出了愉悦的笑容。"请随便挑您喜欢的……每一卷收费三百日元。"

浅川走到"灵异电影"的主题栏前，《地狱之家》《黑色恐怖》《大法师》，还有《凶兆》……都是学生时代看过的影片，应该还有一些没有看过的恐怖电影。浅川从这头看到另一头，始终没有找到一部感兴趣的片子。他重新按顺序把主题栏的两百多盘录像带搜寻了一遍。这时，在最底下一格的角落里，他发现一卷没有盒子的录像带横放在那儿。其他的录像带都在盒子上印满了剧照或片名，只有这盘录像带没有贴任何标签。

"那个是什么？"刚问完，浅川就意识到自己使用了代词"那个"，因为它既没有专有名词可形容，也没有其他的叫法。管理员困惑地皱起眉头，"啊"了一声，拿起那盘录像带。"这东西没什么内容哦。"

咦？难道他知道这盘录像带的内容？

"你看过了？"浅川问。

"这个嘛……"管理员歪着脑袋，好像根本想不起为什么会有这样一盘录像带。

"这盘录像带能不能借我看一看？"

管理员没有答话，啪地拍了一下膝盖。"啊！我想起来了！这盘录像带是客人丢在客房里的。我原先以为是这里的录像带，就把它带回来了……”

“这盘录像带是不是丢在B-4号房里的？”浅川不动声色地追问道。

管理员笑着摇摇头。“这种事情我怎么会记得，都是两个月前的事了……”

浅川继续问：“你看过这盘录像带了？”

管理员又摇了摇头，脸上的笑容消失了。“没有。”

“请把这盘录像带借给我用一下。”

“你想录电视节目吗？”

“嗯，是、是……”

管理员瞟了一眼那盘录像带。“板子已经拆掉了……你看，防录板已经拆掉了。”

或许是酒精的作用，浅川感到非常焦急，不禁在心里骂道：你这个老家伙，我说借就借，乖乖交给我不就得了。可是不管醉成什么样，他都不会用强硬的态度去对待别人。

“帮个忙嘛，我马上就还你。”他低头哀求。管理员觉得非常不可思议，不明白这位客人为什么对这盘录像带如此感兴趣。难不成这里面有什么精彩的画面，客人一时忘了删除？真后悔当初捡到时没有看一看。虽然他也有现在就看的冲动，但是不好拒绝客人，只好把录像带递给浅川。浅川想掏钱，却被管理员制止了。“不用不用，钱就不用了。我决不能收这个钱。”

“那真是谢谢你了，我一会儿就来还。”浅川轻轻挥了挥手中的录像带。

“如果很精彩的话，马上告诉我。”管理员的好奇心完全被挑起来。放在这儿的录像带他都看过，再也引不起他的兴趣。为什么单单漏掉那盘录像带呢？明明是打发时间的好东西……不过，也许只是录了一些无聊的电视节目。

这位管理员一直以为，那盘录像带很快就会还回来。

## 2

这是一卷随处可见、极为普通的一百二十分钟的录像带，已经倒到了头。正如管理员所言，它上面的防录板被拆了。浅川打开录像机，把录像带推了进去，盘坐着按下了播放键，随即传来录像带转动的声音。这盘录像带中或许隐藏着解开那四人神秘死亡的线索，只要发现一点点线索，他就心满意足了。应该不会有危险吧？只是看个录像嘛。

这时，电视发出一阵噪音，画面也跟着剧烈晃动起来。浅川稍稍调整一下频道，画面就稳定了。屏幕上一片漆黑，犹如被泼了墨。这是录像带的第一个画面。由于一直没有声音，浅川不禁把脸凑上前去，确认电视是不是坏了。顿时，他耳边回响起岩田秀一的话：警告！没有胆量的家伙不要看这个！否则你会后悔的！不可能后悔，对这种事，浅川早已习以为常。他曾是社会部的记者，让他看多么惨不忍睹的画面，他也相信自己不会后悔。

漆黑的屏幕上出现针头般大小的光点在闪烁，旋即慢慢膨胀，忽左忽右四处飞蹿，不一会儿停在了左上角。接着，光点分裂开来，变成了绽放的光束，然后像蚯蚓一样蠕动着，形成了六个字。这些字不是由字幕机打出来的，而是用白色的笔写在半张漆黑的纸上。尽管字迹相当蹩脚，但可以认出来，这是充满着命令口吻的六个字——“必须把它看完”。六个字消失后，又浮现出“会被亡魂吃掉哦”，“亡魂”指的是什么还不得而知，“吃掉”这个词却非常骇人。这两句话之间似乎省略了“否则”这个连词。其实它是在威胁观看者：不能看到一半时停止播放，否则就会有悲惨的下场。

“会被亡魂吃掉哦”这几个字逐渐扩散，把黑色赶出了屏幕，尔后变成乳白色，这种变化很单调，而且这种带着斑点的乳白色怎么看也不像天然的颜色，更像一层又一层抹在画布上的种种意念。这些意念蠕动着、烦躁着，终于找到出口，即将迸发，这既像无意识的形态，又像一种生命的跃动。这些意念带着一定的能量，野兽一般吞噬着黑暗。不可思议的是，浅川并不想按停止键，他并非不畏惧亡魂，但这股强烈迸发的能量让他感到很舒服。

紧接着，黑白画面上猛然涌出一团红色。与此同时，传来一阵地动声，恍然间，甚至让人产生整个屋子都在摇晃的错觉。这声音不知从何而来，也不像是从小小的扩音器里发出来的。鲜红的液体汩汩地喷发着、飞溅着，有时甚至覆盖了整个屏幕。从黑色变成白色，接着又变成红色……画面中只有色彩在剧烈地变化，却始终没有出现自然的景观。这些抽象化的意识和色彩的鲜明变化，深深地印在了浅川的大脑里，甚至让他感到疲乏。这时，仿佛洞悉观看者的心理一般，红色突然从画面中消失，随即出现了一座并不陡峭的山，谁看了都知道这是座火山。背景是万里晴空，白色的烟雾袅袅升起。摄影机是放在山麓附近拍摄的，它的底下是一片凹凸不平的黑褐色熔岩。

画面再度被黑暗吞噬，蔚蓝的天空顿时一片漆黑。几秒钟后，鲜红的液体从画面中央迸发出来，向下流去，接着第二次爆发……飞溅的火星被烧成红色，隐约可见火山的轮廓。与前面那些抽象的画面相比，这次都是些具体的景象。很明显，这是火山爆发的场景，是一种自然界的现象，也是一种可以用语言说明的场景。从火山口流出的熔岩穿过山谷，流到近前来。摄影机放在什么地方呢？如果是从空中拍摄的倒也罢了，但是从现在这个角度拍摄下去，拍摄者肯定会被熔岩吞没。地动声越来越大，眼看整个画面就要被熔岩淹没时，却突然变了。

前后两个画面没有丝毫连贯性，变化相当唐突。只见白底上浮现出粗黑的文字，字形虽然很模糊，但大略可以看出是一个“山”字。犹如滴墨的笔在胡乱游走，文字的周围点缀着许多大小不等的黑点。这个“山”字静止不动，画面也很稳定。

紧接着，画面又变了。两个骰子在圆底的铅碗中滚动。背景是白色的，铅碗内则是黑色，骰子上只有“一”这个点是红色。

从刚才开始，画面大都是黑、白、红这三种颜色。骰子缓缓滚动着，没有发出一丝声响，不一会儿停止了，“一”点和“五”点朝上。红色的“一”点和黑色的“五”点并列在白底上，这是什么意思？

接下来，画面中首次出现了人。只见一个满脸皱纹的老婆婆端坐在屋里的两张榻榻米上，双手放在膝盖上，左肩微微往前倾斜，正对着正前方说话。她双眼的大小差很多，眨眼时就像在抛媚眼。

“……之后身体咋样了？如果再这样，亡魂就会找上门哦！听着，小心外来客！汝来年就要生崽了……乖孩子，要听婆婆的话，当地人会很介意的。”

老婆婆面无表情地说完这些话，便突然消失了。她的话很多都听不懂，但像是在说教，在警告某人注意些什么。这个老婆婆到底在对谁说话？

这时，一个刚出生的婴儿的脸占据了整个屏幕。不知从何处传来婴儿的啼哭声。这声音仍然不是从电视的扩音器发出的，似乎是从浅川的身边、脸的下方发出的，非常逼真。画面上出现了抱着婴儿的手臂。一双漂亮的手，左手托着婴儿的脑袋，右手环抱着婴儿的背，看上去非常小心。浅川定定地看着画面，双手不由自主地学着画面中的人，做出了同样的动作。从他的下巴底下传来了婴儿的啼哭声，浅川吃惊地缩回了手。他竟然感受到了温热的羊水和血水，还有婴儿幼小肉体的重量。浅川摊开双手，将手心凑到鼻子前，手上还有一股淡淡的血腥味。这是从母体中流出来的，还是……他的手潮乎乎的，但并没有湿。浅川将视线移回屏幕上，上面仍在播放那张婴儿的脸。婴儿尽管在哭，但是脸上的表情十分安详，身体的震动传递到臀部，连小鸡鸡也跟着晃动。

下一个画面是近百人的面孔。每一张脸上都饱含着憎恨和敌意，此外没有任何明显的特征。接着，这些平铺在屏幕上的面孔慢慢地向屏幕下方移去。于是，随着一张张脸不断缩小，面孔的数目不断增多，膨胀为一个大集合。如果说这是一个只露出脖子以上部分的人的集合，或许会觉得别扭，但他们仿佛发出了震耳欲聋的声响。画面上的每一张嘴都在叫嚣着什么，随着数量的增加，面孔越变越小，根本听不清，像是在吵吵嚷嚷指责什么。很显然，这并不是表示欢迎或喝彩的叫声，而是骂声！后来浅川终于听清了一句："说谎！"接着，他又听到一句："骗子！"此时，画面上的面孔恐怕已超过了一千张，而且还在不断增加，与此同时，声音也越来越大。成千上万张面孔形成无数黑色粒子，占满了整个屏幕。当整个屏幕变得像未开机的状态时，那些声音仍在持续。不久，声音也消失了，只剩下一些余音还在耳边回响。就这样，画面静止了好一会儿。浅川开始有些坐卧不安，他忽然觉得，那些吵吵嚷嚷的声浪很像在指责自己。

画面又变了。一张木制的台面上放着一台电视机。这是一台有频道旋钮、样式相当古老的十九英寸电视机，兔子耳朵形状的室内天线就放在木橱柜上。这不是一出剧中剧，而是电视中的电视。画面上的电视机里还没有任何影像。这时，似乎被插上了电源，它的频道旋钮旁边的指示灯变红，电视画面也开始不停地晃动，一会儿，恢复了正常，紧接着又晃动起来。晃动的间隔越来越短，画面上浮现出一个模糊的字，看上去像是“贞”字。这个“贞”字时而紊乱，时而扭曲，时而又变成一个“贝”字，渐渐地消失。它消失的方式，就像有人用湿抹布把黑板上的粉笔字擦掉一样。

看着看着，浅川突然莫名地感到胸闷。他听到自己心脏的跳动，感到流动的血液在压迫着动脉。接着，一股酸甜的味道刺激着他的嗅觉和味觉。令他百思不得其解的是，除了突然浮现出来的影像和声音，其他的媒介物又是通过怎样的方式来刺激他的五官的？

突然，屏幕上出现了一张男人的脸。与先前的影像全然不同，这位男子看去洋溢着生命的活力，的确像是活生生的人。看着看着，浅川突然对这个男人生出一股厌恶感。他不知为何会厌恶这个男人。这人长得不算特别丑，尽管有点秃顶。只是他的眼中隐藏着阴险，如同伺机捕获猎物的野兽的眼睛。男子脸上汗水涔涔，呼呼地喘着气，眼睛向上望，身体有节奏地动着。他的背后是一片繁茂的树林，午后的阳光穿过树梢照射下来。男人低下头，视线正好与观看者相对。浅川和这个男人对望着，感到胸口越来越闷，却又无法将视线移开。男人流着口水，眼睛充血，脖子慢慢向上抬。霎时，画面的左侧消失了，紧接着，画面上映出一片黑压压的树影。这时，从浅川的腹部下面传出一种叫声，与此同时，屏幕上出现了一个肩膀，再由肩到脖子，那个男人的脸又出现在屏幕上。他裸露着肩膀，右肩上的肉被挖掉一大块。从肩头汩汩流出的鲜血向摄影机的方向流过来，逐渐扩散，终于碰到了镜头，将整个画面淹没。

画面眨眼睛似的暗了一两次，等恢复光亮时，已变成一片鲜红。男人的眼里露出杀意。随着那脸和肩膀逼近，可以看到伤口下露出了白森森的骨头。浅川感到胸口一阵强烈的压迫感。不一会儿，画面又转变成一片绿树成荫的景象。接着是一阵天旋地转。已近黄昏的天色中，传来一阵枯草沙沙的响声。然后看到了土，看到了草，还有天空。这时，不知从哪儿传来了婴儿的啼哭声。刚才镜头里的男人怎样了？

不久，屏幕的四周变暗，暗沉的部分慢慢缩成一个圆圈。光和暗的分界线相当清晰。画面的中央，一片黑暗中浮现出一轮圆月。月亮里出现了一张男人的脸。只见一个拳头大小的块状物从月亮上掉下来，发出沉闷的声响，接着又落下一两块。伴随着这声音，画面突然晃动起来，乱成一片。这时传来撕扯肌肉的声音，紧接着又是一片漆黑。尽管如此，依然能感受到男人生命的跃动，鲜血仍旧在汩汩地流淌着。这个画面持续了很长时间，不禁让人怀疑这黑暗是否永无休止。终于，和开头一样，屏幕上又浮现一些文字。最后这一幕的文字也很拙劣，让人觉得像是刚记事的孩子写下的，不过比片头那些字要工整些。这些依次浮现出来、旋即又消失的文字写道：

看过这部录像的人在一个星期后的这个时间会面临死亡。如果不想死，从现在起就依照下面说的去做……

浅川猛吞了一下口水，瞪大眼睛盯着电视。画面却倏地一下变得面目全非，插进了一个大家耳熟能详的电视广告：在某个城镇的夏夜里，穿着浴衣的女演员坐在走廊上，夜空中绽放着烟花……这是一个蚊香的广告。大约过了三十秒后，广告结束了，在要切入其他画面的一瞬间，屏幕上又恢复了先前的黑暗，最后的那些文字消失了，电视里沙沙地响起一阵杂音，录像带全部播放完了。浅川瞪大眼睛，把录像带倒回去，回放了最后一个画面，一次又一次地重复着这一个动作。广告居然在这么关键的地方插了进来！

浅川关了录像机，拔掉电源，眼睛依然定定地望着电视屏幕。他感到喉咙一阵发干。

“这……这是什么啊？”除此之外，他不知道该说些什么。从一连串意义不明的画面中，他只弄明白了一件事：看过这盘录像带的人都会在一周后死亡。而记录着逃过死亡的方法的内容，却被电视广告洗掉了。

是谁洗掉的？难道是那四个人？浅川的下巴不停颤抖。四个年轻人不知道他们会在同一时刻死亡，想必对这荒唐事一笑了之。可是他很清楚，那四个人已经离奇地死亡了。

这时，电话铃声响了，浅川吓了一跳。他拿起话筒放在耳边，感到似乎有什么东西躲在暗处，一动不动地窥探着这边。

“喂？”浅川哆嗦着勉强挤出一丝声音，然而对方没有响应。

他感到有什么东西正在狭小阴暗的地方刮起一股旋风，传来如同地动般的轰隆声，还有潮湿泥土的味道。紧接着，一阵冷气在他耳后盘旋，他感到脖子周围起了一片鸡皮疙瘩，同时胸口越来越闷，脚踝和背部也阵阵发痒，仿佛有一条地底深处的虫子紧贴在上面扭来扭去地蠕动。一股难以言喻的思绪和长久累积的憎恨立即从话筒那端流窜过来。浅川赶紧扔下话筒，捂着嘴巴向厕所跑去。尽管话筒那边什么也没说，可是一股侵袭背脊的恶寒和突如其来的恶心，让浅川明白了对方的意图。这是一个表示确认的电话。

“看过了吧？明白了吗？按照上面的指示行事，否则……”

浅川趴在马桶上呕吐。尽管没有呕出什么，但是刚才喝下去的威士忌和着酸酸的胃液，全都吐了出来。眼睛一阵刺痛，眼泪流了出来。胃液在鼻子周围翻滚，他痛苦地想，如果能在这儿把所有东西吐出来，刚才看过的录像也会跟着流出来吧。

“否则的话会怎样？我怎么知道呢？说该怎么做了吗？啊……我该怎么做才好？”浅川跌坐在卫生间的地上大声叫着，试图赶走心底的恐惧。

“请你了解……他们把影片后面的部分消掉了，把最重要的地方……我……我无从知晓啊！请原谅我……”除了为自己辩解，别无他法。浅川冲出厕所，在屋里转悠，对着可能躲在那儿的那个东西叩首哀求，根本顾不上自己的模样有多落魄。他不知道，他的表情已不由自主地变得让人怜悯。然后，他站起来，用自来水漱了漱口，又喝了一口水。这时，一阵风从外面吹进来。他望着客厅的窗户，窗帘正在不停地摇曳。咦？刚才不是关上窗子了吗？

拉开窗帘之前，确实把玻璃窗关上了。他不禁全身哆嗦，脑子里没来由地浮现出高楼林立的都市夜景。镶嵌在高楼墙壁上的窗户如同围棋棋盘，透出的灯光忽明忽灭，仿佛要排成什么文字。如果大楼是一块巨大的长方形墓碑，窗口的灯光排成的文字就像碑文。这一幕在他的脑中消失了，白色的蕾丝窗帘依然轻轻地摇曳。

此时浅川已濒临崩溃，他从橱柜里拿出旅行袋，收拾好行李。他连一秒钟都不愿再在这儿待下去——我一定要找个人说说这事！再在这儿待下去，不用说一个星期，连一个晚上都活不了！

他穿着针织衫和运动裤走出了玄关。就要走出房门时，理智发挥了作用：不能光想着从恐惧中逃离，我还得想想自救的方法！求生的本能涌上来，他重新回到屋里，按下录像带的退出键，然后用浴巾将录像带包起来放进行李袋——这盘录像带是唯一的线索，不能把它放在这儿。如果能解开一连串事件的谜，或许就可以找到活命的方法。可是，只有一个星期的时间。他看了看钟，上面指着 10:08。他看完录像带时应该在 10:04 左右。时间从此具有了重要的意义。浅川把房间的钥匙放在桌上，灯也不关就出去了。他没有去管理员办公室，而是直接跑到自己的车里，把钥匙插进锁孔。

“我一个人肯定不行，还是找那家伙帮忙吧。”浅川自言自语着发动了车。他不时注视着后视镜，可令人着急的是，不论他怎么踩油门，车速却怎么也上不来。这真像在梦中被追捕的情景。他一次又一次地看后视镜，可是并没有黑影从后面追来。

第三章

# CHAPTER 03

# 突风

## 1

## 10 月 12 日　星期五

“先让我看看那盘录像带吧。”高山龙司笑着说。他和浅川坐在六本木十字路口一家餐饮店的二楼，时间是十月十二日星期五的晚上七点二十分，距浅川看过那盘录像带后将近一天。这天浅川选择在繁华的六本木和高山龙司碰面，是想着被衣着华丽的女子的喧闹声包围，或许多少可以减轻内心的恐惧。然而他没有得到丝毫慰藉，再提此事时，昨晚的经历又复苏了，心中的恐惧不但没有减弱，反而越来越重。他甚至感到，原本依附在身体表面的“某个东西”的影子，突然潜入了体内深处。

龙司身着衬衫，最上面的纽扣端正地扣着，领带也系得很紧，似乎压根没想把它摘下来。脖子上的赘肉被挤成两层，就像快要窒息似的。即使他对着人笑，那张棱角分明的脸恐怕也不会给人留下好印象。

龙司从杯子里拿出冰块，放入口中。

“你没听清我说的话吧？很危险啊。”浅川压低声音说道。

“那你为什么找我出来商量？想要我帮你对不对？”龙司脸上带着浅浅的笑意，嘴里嘎嘣嘎嘣地咬着冰块，“我没有看过那盘录像带，怎么想办法帮你？”

龙司低下头摇了摇脑袋，脸上依然带着浅浅的笑意。浅川顿时恼火起来，歇斯底里地大吼道：“你不相信我说的话吗？”

犹如不知道里面是炸弹而把包裹打开一样，浅川毫不知情地看了那盘录像带。此时，面对龙司若无其事的笑脸，他无法说清自己的心情。他从未经历如此恐怖的事情。而且这事情远没有结束。他只剩六天了，恐惧如同缠绕在脖子上的丝绳，正在一步步收紧。而在前面等着他的是——死亡。龙司这家伙竟然还固执己见，说什么要看那盘录像带。

“声音不要那么大，我又不怕那东西，你有什么不满的？这么说吧，浅川，就像我和你说过的一样，我希望看到世界末日。如果有人可以解开这个世界的构造，解开一切起始与结束、极大和极小之间的谜，就算拿命来换我也愿意。你对我不是一向很了解吗？你记得吧？”

浅川当然记得。正因如此，他才把所有的事情对龙司说了。

两年前，浅川刚满三十岁。有一次，他突然很想知道同龄的日本青年到底在想些什么，拥有怎样的梦想，便拟定了一份计划，准备从通产省官员、都议会议员、一流公司职员直到普通工薪阶层，在各个领域中选出三十岁的活跃青年，从读者想了解的基本数据到这些人的个性，用有限的篇幅分析三十岁这一年龄层的特征。在挑选的十几名采访对象中，浅川偶然发现了高中同学高山龙司的名字。他的头衔是 K 大学文学部哲学系的客座讲师。浅川大吃一惊，他记得龙司进了医学系。

龙司作为各个行业中的一位代表被选为采访对象，作为初出茅庐的三十岁学者，他有十分强烈的个性。高中时代，他的性格就令人捉摸不透，现在似乎被磨砺得更加古怪。从医学院毕业后，龙司直接进入哲学系就读，这一年刚结束博士课程，如果助教的职位有空缺，肯定非他莫属。不幸这个职位一直被一个从事研究的前辈占着。后来龙司得到了一个客座讲师的职位，每个星期到母校讲授两堂逻辑学。

“哲学”这一门学问，如今非常接近科学的范畴，和那种卖弄“人应该如何活着”之类的无聊观念完全不同。龙司的专业是逻辑学，研究超越数学的数学。在古希腊时代，哲学家通常也是数学家。龙司也一样，虽然是文学系的讲师，但他的思维方式更像一名科学家。而且除了专业领域的知识，他在超心理学领域的造诣也相当深，无人能及，似乎接受了两个相互矛盾的知识体系。浅川曾经问他：超心理学，即所谓的特异功能或超自然这一类东西，不是违背科学理论吗？结果龙司这样回答：恰恰相反，超心理学其实是解开世界构造的一把钥匙。当时夏日炎炎，可龙司却穿着一件直条纹的长袖衬衫，和今天一样，最上面的扣子也扣得紧紧的。

我要看到人类灭亡的那一瞬间，龙司满头大汗地说，我只要看到叫嚣世界和平和人类延续的那帮人就想吐。

在采访时，浅川问了这样一个问题：“请你谈谈将来的梦想？”

龙司平静地回答：“我要站在山丘上看着人类灭亡，同时在地上挖个洞，在洞中一次又一次地射精。”

浅川提醒道：“喂，我真的可以这样写吗？”

龙司脸上浮现出和现在一样的浅笑，点了点头。“所以啊，我什么都不怕。”说着，他把脸凑近浅川，“昨天晚上我又‘搞’了一个人。”

又来了！就浅川所知，这是第三个牺牲者。第一个是在他们上高二的时候。那时候他们两人都从川崎市多摩区的家里去县立高中上学。浅川习惯在早自习前一个小时到达学校，沐浴着清晨凉爽的空气开始预习当天的功课。除了学校的教职员工，他总是第一个到达学校。相反，龙司压根儿没有好好上过第一节课，经常迟到。然而暑假刚结束，一天早上，浅川像往常那样来到学校，竟意外地发现龙司先到了，而且独自坐在教室的桌子上发呆。“哟，今天真是难得啊。”浅川和他打了一声招呼。“哦……”龙司敷衍了一声，心不在焉地望着窗外的校园。他眼里充血，脸颊泛着潮红，口中还散发出淡淡的酒味。

他们的交情不算特别好，因此并没说下去。浅川像往常一样打开教科书预习功课。过了一会儿，龙司无声无息地走到浅川身后，拍拍他的背：“喂，有件事想请你帮下忙……”个性很强的龙司不仅学习成绩很好，还是优秀的田径选手，是学校公认的风云人物。资质平庸的浅川面对这样的同学的请求，并没有感到厌恶。

“是这样的……能不能请你打个电话到我家？”龙司亲昵地揽着浅川的肩头。

“可以啊，可是，为什么打电话？”

“你只要打电话就行了，就说找我。”

浅川皱起了眉头。“找你？你不是在这儿吗？”

“好了，你打电话就是了。”

于是浅川按照龙司告诉他的号码拨了过去，听到龙司的母亲接电话后，说：“请找龙司。”

“啊，龙司到学校去了……”龙司的母亲沉稳地答道。

“啊，是吗？”说完，浅川挂了电话。

“哎，这样行了吧？”浅川有些莫名其妙。他不明白这么做到底有何意义。

“没有什么不对劲吧？”龙司问，“我老妈的声音有没有很紧张？”

“没什么特别的……”这是浅川第一次听到龙司母亲的声音，他实在感觉不出对方是否紧张。

“家里有没有传出嘈杂的人声，或者……”

“没有，没什么异常，感觉和平时早餐桌上的气氛一样。”

“是吗？那就好，谢了。”

“喂，到底是怎么回事？你为什么要我这么做？”

龙司似乎松了口气，伸手环抱住浅川的肩膀，将他的脸拉近，附在他耳边低声说道：“你看起来是个口风很紧、值得信赖的人，我就告诉你吧。今天早上五点钟左右，我强暴了一个女人……”

浅川霎时惊讶得说不出话来。据龙司说，那天早上五点左右，他潜入一个独居女大学生的房间，把她强暴了，留下一句“不准报警”的威胁，就直接到学校来了。因此，现在他担心警察是否到他家去了，于是让浅川帮他打个电话探探情况。

此后，浅川和龙司经常在一起聊天。当然浅川也没有将龙司这桩“罪行”告诉任何人。第二年，龙司在高中运动会中获得铅球项目的季军。之后，他以应届毕业生的身份考进 K 大学医学部。而浅川在复读一年后，才好不容易进了一所知名大学的文学部。

浅川知道自己在想些什么。他真的很想让龙司也看看那盘录像带。以他的知识和经验，很难用语言把录像带的内容说出来。道德观念也不允许他为了活命把他人牵扯进来。这两种想法很矛盾，但只要把它们放到天平上掂量掂量，就能知道孰轻孰重。增加活命的机会肯定更重要。尽管如此……为什么我会和龙司这样的人成为朋友呢？他常想的这个问题忽然浮现在脑海中。在报社工作十年，通过采访而认识的人不计其数，为什么只有龙司一个人能和他成为可以喝酒聊天的朋友？难道因为他们曾是同学？不是，他还有很多同学。或许自己内心深处潜藏着某种能与龙司的怪异性格产生共鸣的因素吧。这么想着，浅川突然觉得不了解自己了。

“喂，这件事情很紧急，你不是只剩下六天了吗？”龙司抓住浅川的手用力一握，“赶快让我看看那盘录像带吧！万一动手晚了，你死了，我会很寂寞的！”

龙司有节奏地揉着浅川的手臂，另一只手叉住盘子里仅剩的奶酪蛋糕，送进嘴里用力嚼起来。龙司吃东西的时候不闭上嘴巴，食物在口中和着唾液逐渐溶解。从近处看到龙司这副吃相，浅川感到很不舒服。这个脸上棱角分明、体型矮胖的男人，一边吧唧吧唧地吃着奶酪蛋糕，一边抓起杯子里的冰块嚼碎，嘎嘣嘎嘣地发出更大的咀嚼声。

这时浅川顿悟了：除了这家伙，已没有值得依赖的人了。

对手是个身份不明的恶灵，常人无法与它抗衡。看了那盘录像带，仍能泰然处之的恐怕只有龙司这样的人了。除了以毒攻毒，别无他法。即使龙司逃脱不了死亡的命运，那也与我无关。一个经常叫嚣要看人类灭亡的家伙，没有资格长命百岁。浅川这么想着，终于认定，将毫不相干的人卷进来也很合理。

## 2

两人坐在出租车上向浅川住的公寓驶去。从六本木到北品川，如果不塞车，不用二十分钟就能到。后视镜中只映出了司机的额头，他一只手搭在方向盘上，默默地开着车，似乎无意与乘客聊天。而之前，正是由于一位出租车司机喋喋不休才引发了这起事件。如果当时浅川没有坐上那辆出租车，就不会卷入这奇怪的事件中。浅川每每回想起半个月前的事情，总是后悔：再怎么麻烦，也应该去买票，换乘几次地铁回家。

“你家可以拷贝录像带吗？”龙司问。由于工作的关系，浅川家中备有两台录像机，一台是在录像机刚普及的时候买的，性能很差，不过只用来拷贝应该不会有什么问题。

“可以啊。”

“哦，那赶紧拷贝一份给我。我想在自己家里多看几遍，研究研究。”

真胆大，浅川想。然而，这样一句简单的话却能给他不少勇气。

他们在御殿山下了车，决定走上去。时间是八点五十，妻子和女儿有可能还没睡。妻子阿静一般在九点以前给女儿洗澡，一洗完澡就钻进被窝哄女儿睡觉。往往她也跟着一块儿睡着，不会再爬起来。阿静想找时间和丈夫聊天，必定在桌上留下“请把我叫醒”的纸条。浅川下班回家后，按照纸条说的去摇妻子，可是怎么叫也叫不醒。阿静会像赶苍蝇一样挥着双手，不悦地皱起眉头，发出不耐烦的声音。虽然她清醒了一半，可是瞌睡的力量似乎大得多，浅川只好徒劳地退缩。这种情形持续了好一阵子，后来浅川就算看到留言也不再叫醒她，阿静也渐渐地不再写留言条。现在是晚上九点钟，正是阿静和阳子雷打不动的就寝时间，反而是个好机会。阿静一直不喜欢龙司。浅川认为她这种态度很正常，从来没有追问过理由。“求求你，能否别再叫那个人到我们家来了？”浅川仍记得阿静说这话时脸上厌恶的表情。而且，绝对不能在阿静和阳子面前放那盘录像带。

昏暗的屋里寂静无声，一股热气和香皂的味道飘到玄关。看来她们用毛巾包着湿漉漉的头发钻进棉被没多久。浅川把耳朵贴在卧室门上，确认妻子和女儿睡着了，才把龙司带到客厅。

“小宝贝已经睡啦？”龙司很遗憾地说。

“嘘！”浅川把手指放在嘴上。虽然这么点声音不至于把她俩吵醒，没准妻子也会感到有些异常，起床跑出来看。

浅川将两部录放机的输出端口和输入端口连接上，把那盘录像带推进去。按下播放键之前，他看着龙司的脸，像在作最后的确认。

“你干什么啊？赶快放啊！”盯着电视屏幕的龙司催促道，没有移开目光。浅川把遥控器交给龙司，站起来走到窗边。他不想再看这盘录像带。本应看上无数遍，冷静地进行分析，可是他再也没有勇气去追究这件事，只想暂时逃开。他走到阳台上抽起烟来。女儿出生时，他答应过妻子不在家中抽烟，也一直没有破这个戒律。他们结婚三年，夫妻关系一直很好。妻子给他生了个可爱的女儿，浅川绝不会忽视她的意见。

他从阳台往屋里窥探，透过毛玻璃看见荧屏上的影像在晃动。独自在别墅小木屋里看录像，与在这个住着三口人、位居城里六楼的公寓里看，恐怖程度似乎有所不同。不过换了龙司，即使在同样的环境下看，也一定不会被吓得惊惶失措、屁滚尿流，没准还以威吓的目光盯着屏幕，嘿嘿地笑着臭骂对方呢。

浅川抽完烟，正要从阳台上回到房间，走廊和客厅之间的门开了，阿静穿着睡衣走出来。浅川慌忙拿起桌上的遥控器，按了暂停键。

“你不是睡了吗？”浅川的语气里透着几分责备。

“我听到声响，所以……”阿静说着，看了看发出沙沙声的电视画面，又看了看龙司和浅川，一脸的狐疑。

“快去睡你的！”浅川用不容置疑的口气说。

“如果浅川太太不嫌弃，也可以一起过来欣赏。这盘录像带很有意思哦。”盘腿坐在地板上的龙司转过头来对阿静说。浅川恨不能对着他怒吼，却气得说不出话来，把所有的愤怒都倾注在拳头上，狠狠往桌上一击。阿静被这声音吓了一跳，慌忙抓住门把手，眯着眼睛微微俯首，和龙司打了声招呼：“请慢慢看。”接着匆匆转过身，消失在门的另一头。浅川知道妻子会怎样想。深夜，两个男人一起看录像又匆匆关掉……妻子眼中露出的一丝轻蔑，没有逃过浅川的眼睛。这眼神与其说是对龙司，不如说是对男性本能的轻蔑。浅川没作任何解释，他感到很无奈。

不出浅川所料，龙司看完录像带，依然面不改色。他边哼着小调边倒带，一遍又一遍地快进和停止，确认其中的重要情节。

“这样一来，我也卷进来了，你有六天时间，俺有七天。”龙司显得有些兴奋，像是终于能参加一个游戏了。

“你觉得怎么样？”浅川征询龙司的意见。

“这不是小孩子的把戏吗？”

“啊？”

“我们小时候不是常做这种事吗？给别人看恐怖的画或不幸的信之类，然后吓唬他们：看到这个东西的人会遭遇不幸。”

浅川当然也有这样的经历。夏夜里听到的奇谈怪论中也有类似的事情。

“所以？”

“没什么，我只是有这么一种感觉。”

“如果你还发现了什么，一定要告诉我。”

“这个嘛……录像并不怎么恐怖，像是把现实的和抽象的东西混杂在一起。如果那四个人没有如录像带所言地死了，你肯定会认为这件事很荒谬，对此嗤之以鼻，是吧？”

浅川点点头。棘手的是，他知道录像带中的话并非骗人。

“首先，我们来分析一下那四个笨蛋为什么死吧。我觉得有两种可能，录像带的末尾说：‘看过这盘录像带的人都会遭遇死亡的命运。’之后，他们都中了咒……喂，接下来把逃脱死亡命运的方法叫咒语吧。那么，那四个人会不会是洗掉了部分咒语而被害？或是仅仅因为他们没有照咒语说的做？不对，还必须确认洗掉咒语的是不是那四个人，也可能在那四个人看的时候，它早被洗掉了。”

“可是我们该怎么确认？也不可能去问那四个人啊。”浅川从冰箱里拿出啤酒，倒进玻璃杯，放在龙司面前。

“喏，你看看。”龙司重新播放了一遍录像带的末尾，在洗掉咒语的蚊香广告即将结束的那一瞬间，按下停止键，然后一格一格地慢慢播放。播放完又倒回去，再停止，一格一格地播放……于是，出现了三人围坐在桌旁的画面。一个电视节目的画面定格在屏幕上。是晚上十一点开始面向全国播放的《Night Show》，那三人当中，有一位是家喻户晓的白发苍苍的畅销书作家，另外一位是年轻貌美的女子，还有一位是活跃在关西一带的相声演员。浅川把脸凑近画面。

“你知道这节目吧？”龙司问。

“是 TBS 台正在播放的《Night Show》。”

“是吧。作家是主持人，那个女人是助理，相声演员则是当天的嘉宾。所以啊，只要查出那个相声演员是哪一天做的嘉宾，我们就知道是不是那四个人消掉咒语了。”

“……有道理。”

《Night Show》通常晚上十一点开始播放。能确定这期节目是在八月二十九日播放的话，消掉咒语的就是当晚投宿别墅小木屋的四个人。

“TBS 是你们报社的下属企业吧？你不费吹灰之力就能查清楚吧？”

“明白了，我去查。”

“那就拜托你了。这可是关系着我们两条人命呢。不论什么细节，你都要一一调查清楚。明白了吗，战友？”龙司拍了拍浅川的肩膀。两人同样面临死亡的命运，他才使用战友这种称呼。

“你不害怕吗？”

“害怕？相反，被定下了死期，我还觉得很有意思。死就是惩罚……真好啊，不拿性命当赌注，这游戏就不好玩了。”从刚才开始，龙司一直显得很兴奋，浅川担心他是为了掩饰内心的恐惧，才如此虚张声势。可是从龙司的眼里，他没有读出一丝怯意。

“接下来，我们要调查这盘录像带是谁在什么时候、为了怎样的目的制作的。别墅小木屋落成不过半年，我们要锁定其间在 B-4 号房住过的客人，查明把这盘录像带带入房间的人。嗯……我想只要锁定在八月下旬就可以吧？可能性最大的就是比那四个人早不了多久入住的客人。”

“这件事也要我去查吗？”

龙司一口气喝尽杯中的啤酒，想了一会儿。“那还用说，我们都没几天好活了。你的朋友中没有可以帮忙的人吗？就让他们帮帮忙吧。”

“有一位记者倒是对这件事相当感兴趣。可是这事关系到生命安全，恐怕没那么简单……”浅川想到了吉野。

“这有什么关系？越多的人卷进来越好。让他看了这盘录像带，他也一定急得火烧眉毛似的到处乱窜。那家伙肯定会很高兴。”

“你以为每个人都和你一样吗？”

“骗他录像带中有内幕，不管三七二十一让他看不就得了？”

和龙司根本没法讲道理。没弄清楚咒语的内容，决不能随便给别人看。浅川感到自己像走进了死胡同。为了找出这盘录像带的来龙去脉，必须展开有计划的调查。可是录像带如此危险，他并不容易找到人手。毕竟像龙司这样乐于投身死亡游戏的人极为罕见。吉野究竟会有怎样的反应呢？他也有妻有子，不会为了满足好奇心，甘冒失去生命的危险吧。不过，即使不看录像带，也可以让他帮忙。或许应该把事情告诉他。

“我知道了，我试试吧。”

龙司坐在客厅的桌子旁边，手里拿着遥控器。“没错、没错。这盘录像带的内容大致可以分为抽象和具体的画面。”他一边说着，一边调出火山爆发的画面，定格，“你看这座火山，怎么看都像现实中存在的，得查清楚这是什么山。还有这次火山爆发。只要弄清楚山的名字，就可以知道它喷发的日期。这个画面究竟是在何时何地拍摄的，也就水落石出了。”

龙司继续播放录像带。画面上出现一个老太婆，满嘴说着莫名其妙的话。话里夹带着“咋样”“亡魂”“来年”“生崽”这一类的方言。

“这是哪儿的方言吧。我们大学里有研究方言的专家，我去问问那家伙，就能知道这个老太婆是哪儿人了。”龙司接着快进。接近尾声时，画面上出现了一张很有个性的男人的脸。他满头大汗，呼哧呼哧地喘着粗气，身体有节奏地摆动着。当这个人肩头的肉裸露在眼前时，龙司按下停止键，定格了一张男人脸部的特写。从眼睛、鼻子到耳朵，男人脸部的特征非常清晰地呈现出来。男人已经有些秃顶，但年龄应该在三十岁左右。

“你见过这个男人吗？”龙司问。

“怎么可能！”

“看了有些不舒服。”

“连你都这么觉得，可见这男人多么与众不同。我真想对他表示敬意。”

“是吗？那请便吧。能给人留下如此深刻的印象，可不多见，不会很难找吧？你是记者，调查起来肯定很在行。”

“别开玩笑了。找犯人或艺人还容易，可光靠一张脸就把人给找出来，是不可能的。日本的人口超过了一亿呢。”

“你不妨顺着罪犯这条线来找找，怎么样？找一下拍内幕录像带的演员也行。”

浅川没有回答，记在了便笺上。要做的事情太多，不记下来肯定会忘记。

龙司让画面静止，顺手又从冰箱里拿出一瓶啤酒，倒入两人的玻璃杯。“干杯吧！”

不明白为什么而干杯，浅川没有举杯。

“我有预感。”龙司暗沉的脸上泛起一抹红晕，“这件事让我联想到那种作恶的画面。我体味到了那时的冲动，且不管它从何而来……我对你说过吧？就是我第一次强暴女人的事。”

“哦，我记得。”

“那已经是十五年前的事了。那时我也莫名地有一种预感，内心骚动起来。那是我十七岁、高二那年九月的事。那天我学数学一直到半夜三点，又学了一个小时德文便休息了。我经常这样。要解除大脑的疲乏，看语言学是最合适的方法。到了四点，我像往常一样喝了两瓶啤酒，然后做每天必做的功课——出去散步。出门时，我的大脑里开始萌发一种不同于往常的感觉。你有没有三更半夜在住宅区散过步？感觉很不错哦！连狗也睡了，和你的小宝贝一样。后来我来到一栋公寓前，那是一座很漂亮的两层木结构建筑。我知道一位经常在路上见到的清秀的女大学生住在那儿，但不知道她住在哪一个房间，于是把八个房间的窗户扫视了一遍。我没有什么企图，可不知为什么，视线落在二楼的南端时，我心中怦然一动。心里已经萌芽的阴暗念头越来越强烈。我又依次扫视了一番，依然在同一个地方，阴暗的念头在心中翻江倒海。而且我确信那个房间没有上锁，不知她是否忘了锁门。在那个阴暗想法的驱使下，我上了楼，来到那个房间前，只见门牌上用罗马字写着‘牧田由加里’。我用右手牢牢握住门把手，握了好一会儿，之后用力往左转，却转不动。我还想，自己真是愚蠢啊。可就在这一瞬间，‘咔嚓’一声门开了。这么说吧，门并不是忘了锁，而是自己开了，像有某种力量在作祟。那个女孩正盖着被子睡在桌旁。我原以为她睡在床上，可是并非如此。这时，我看到她的一条腿露在被子外面……”

龙司停顿下来。他露出悲悯和残酷交杂的表情，像在缅怀一段遥远的记忆。浅川还是头一次看到龙司流露这种暧昧的表情。

“……两天后，我放学回家从那栋公寓前路过时，看到那儿停了两辆卡车，工人们正在往外搬家具什么的，要搬家的正是由加里。由加里在一位像是她父亲的男人的陪伴下，无所事事地靠在墙上，愣愣地盯着被搬出来的家具。为什么女儿突然要搬家，做父亲的一定不知道真正的理由。就这样，她从我面前消失了。我不知道她到底搬回了老家还是搬到了别处，她是否仍在同一所女子大学上学，但是我知道，她再也不想在那栋公寓里多住上一秒钟。嘿嘿！真是可怜啊……当时她一定很害怕吧！”

听着听着，浅川感到喘不过气来，他开始厌恶和这种人在一起喝啤酒。

“你难道不感到内疚吗？”

“我已经习惯了。你不信？你每天用拳头击打水泥墙试试，最后你就感觉不到疼痛了。”

所以你依然做着同样的事？浅川在心里暗暗发誓，再也不让这个男人上家里来了，特别是不能让他靠近老婆和女儿。

“不要担心，我不会对你的小宝贝做那种事。”

自己的心思居然被龙司看穿，浅川急忙岔开话题：“对了，你先前说的‘预感’指什么？”

“是一种罪恶的预感。没有这股莫名的邪恶力量，我不会做出那种事。”说完，龙司站起来。他的身高还和坐在椅子上的浅川差不多。可他以不到一米六的短小身材，却在高中运动会的铅球比赛中夺过奖项。他肩头肌肉隆起，非常结实。

“我该回去了，你要好好‘做功课’哦。天一亮，你就只剩五天的时间了。”龙司张开一只手掌。

“我知道。”

“邪恶力量的旋涡正在某个地方涌起。我闻到了一股令人怀念的清香……”龙司怀揣着拷贝的录像带走到玄关。

“下次的作战会议就到你房间进行吧。”浅川低声却清晰地说。

“知道，知道。”

龙司的眼里浮现出一抹笑意。

龙司刚走，浅川便看了一眼客厅的挂钟。这钟是他结婚时朋友送的礼物。此刻，蝴蝶形的红色钟摆不停地晃动着。10：21……一整天，我看过几次钟了？不能太关注时间。龙司说得没错，天一亮我就只剩下五天，能不能把洗掉的咒语给解开呢？

此刻，浅川的心情就像一个面临成功率为零的手术的癌症患者。他一直认为该告诉患者身患癌症的事。可是，如果患者听了便陷入这种精神状态，还是不知道为好。有人在面临死亡时可以让生命完全燃烧，但是浅川做不到。虽说现在还行，可是生命只剩下一天、一个小时或一分钟，自己还能否保持正常的意识，他全然没有信心。他似乎明白了为什么自己既讨厌龙司，又被他吸引，因为龙司具有常人望尘莫及的坚韧精神。浅川非常在意他人的眼光，每天畏畏缩缩地生活。与此相比，龙司的体内却豢养着一个神——不，是恶魔，过着自由奔放的日子，绝不向恐惧屈服。而浅川只有想到自己死后留下孤苦伶仃的妻女时，求生的欲望才能战胜恐惧。他突然很挂念妻女，于是轻轻地打开卧室的门，看了一眼她们俩熟睡的面容。

没有时间胆怯和畏缩了。浅川当即决定打电话把吉野叫过来，将来龙去脉告诉他，请求他的帮助。今天能做的事情如果不做完，肯定会后悔。

## 3

### 10月13日　星期六

浅川原本打算请一个礼拜的假，又觉得与其缩在屋里毫无意义地害怕，还不如充分利用公司的信息系统解开录像带的谜底。尽管是星期六，他还是去了报社。他心里很清楚，即使上班也无法安心工作，因此权宜之计是把一切都告诉总编，请求他准许自己暂时不接工作。问题是总编能否相信“那个”。总编肯定会拿出老一套，说那是偶然，对浅川的说法嗤之以鼻。即使有录像带为凭，但只要总编不相信，所有的事情都会按照他的理论来推演，变成大家都可以接受的模式。不过这样一定很有意思。

姑且把录像带放进公文包带上。如果让总编看，不知道他会有什么反应。昨天晚上，浅川把事情的来龙去脉都告诉了吉野，和他聊到很晚。结果他信了，还直嚷嚷：“我决不看这盘录像带！”“千万别给我看！”不过他也答应尽力帮助浅川……吉野相信此事还情有可原，因为非正常死亡的辻遥子和能美武彦在芦名县公路旁的车中被发现时，他很快赶到现场，接触了现场的诡异气氛。大家都知道除了鬼怪，没有什么会导致这种事情，可是没有一位搜查人员敢说出来，整个现场的气氛让人窒息。

浅川现在抱着一颗“炸弹”。只要把它拿到总编的面前，晃一晃恐吓恐吓他，就可以收到令人紧张的效果。单从兴趣上来说，浅川也深受诱惑，很想试一试。

小栗总编惯有的轻蔑笑容从脸上消失了。他两手撑在桌上，眼睛骨碌碌地转动着，把浅川刚才的话琢磨了一番。

八月二十九日晚上，那四个年轻人肯定在小木屋里看过那盘录像带，正如录像带所言，一周后他们蹊跷地死了。管理员发现了录像带，放进了办公室，浅川发现之前，它一直老老实实地睡在那儿。可是浅川发现它后，也看了。这家伙会在五天之后死亡，这种事可信吗？那四个年轻人死了是不争的事实，这又该怎么解释呢？整件事的逻辑何在？

浅川俯视着小栗总编，脸上浮现出平时难得一见的优越感。凭经验，他大抵可以猜出小栗在想些什么。估摸着小栗想得差不多了，浅川便从公文包里拿出录像带。那假模假式的动作就像揭开了扑克牌，犹如演戏。

“总编要不要看看这个？”浅川瞟了一眼摆在窗边沙发旁的电视机，露出挑衅而从容的笑容。咕嘟一声，从小栗的喉咙深处传来吞口水的声音。小栗看都不看窗边，定定地盯着放在桌上的黑色录像带，认真地叩问内心：只要想看，马上就可以播放，你能做到吗？就像往常一样，笑着大骂“无聊”，把它推进那儿的录像机就行了。动手吧！试试看吧！

小栗的理智这样命令肉体：天底下不可能有这等怪事，赶紧看吧！因为你不相信浅川的话。如果对浅川说“仔细考虑一下再看”，就等于你相信这家伙的一派胡言。还是赶紧看吧！你不是现代科学的信奉者吗？又不是一个惧怕幽灵的小鬼头！

事实上，小栗几乎不相信浅川的话，可是内心深处又确实存有一丝疑虑。万一那是真的……毕竟世上可能存在现代科学无法触及的领域。只要存在这种危险性，不管再怎么动用理智，肉体也一定会拒绝。此时此刻，小栗坐在椅子上，根本没有想动的意思，其实是无法动弹。即使大脑明白了他的意思，身体也不听指挥，肉体在如实地发挥自我保护机能。小栗抬起头，涩涩地说道：“那么……你想让我怎么做？”

浅川确信自己赢了。“请暂时不要分派工作给我，我想对这盘录像带进行彻底的调查。拜托了！您也知道，这关系我的性命。”

小栗双眼紧闭。“你想把它写成报道？”

"谁叫我是记者呢……我先把事实记录下来。不能因为我和高山龙司死了，一切就被尘封于世。当然刊不刊登就由总编您决定了。"

小栗用力地点了点头。"那……这样吧，把采访企业家的工作交给平目负责。"

浅川微微点了点头。他正想把录像带放回公文包，突然又起了个念头，想再恶作剧一次。于是再次把录像带递到小栗面前。"这个……您相信了吧？"

"嗯……"小栗发出长长的低吟，脑袋瓜摇得跟拨浪鼓似的。他不表示到底信还是不信，只是显得十分不安。

"我的心情也和总编的一样。"浅川扔下这么一句话便走了。小栗望着他的背影，心想：如果过了十月十八日这家伙还活着，我再看也不迟。可是，恐怕我的身体还会拒绝"万一……"带来的不安，这种感觉似乎永远不会消失。

在资料室，浅川将三本厚厚的书堆在桌上——《日本的火山》《火山列岛》和《世界的活火山》。录像带中出现的火山爆发场面看起来像日本国内的景象，因此浅川首先开始翻阅《日本的火山》。卷首是一幅彩色照片，喷着白色烟雾和水蒸气的山脉被黑褐色的熔岩覆盖，显得分外雄伟。火山口向夜空迸射着熔岩，它那黑色的轮廓融在黑暗中，令人联想到宇宙大爆炸。浅川将这张相片与刻印在脑海里的景象对比，一页一页地翻阅着，阿苏山、浅间山、昭和新山、樱岛……不久他就找到了答案，比他想的要快得多。那是位于富士火山带的三原山，在日本算是相当有名的活火山。

“三原山？”浅川喃喃自语。他翻开的书中有两张从空中拍摄的照片，还有一张是从一座小山丘上拍摄的。浅川回想着录像带中的画面，从各个角度想象那座火山的样子，然后逐一和书中的照片比较。确实很像。从山脚下的原野望去，这座火山的坡势似乎很缓。可是从空中拍摄的照片看，山顶上有个圆形的外轮山，从火山口的中间可以看到中央火山丘。从山脚的小山丘上拍摄的相片和录像带中的画面特别相似，山脉的颜色与起伏都基本相同。但不能只靠残留在脑海里的印象判断，还必须进一步确认。于是浅川将三原山的照片连同另外两三张近似的照片复印下来。

整个下午浅川都在打电话，对这半年来投宿别墅小木屋的人进行采访。虽然直接会面时一边察言观色一边提问效果更好，但是他没有那么多时间了。光凭电话里的声音，实在很难辨认对方是否在说谎。浅川只能竖起耳朵，不错过对方的一丝犹豫。

需要确认的人共有十六组。不过，今年四月别墅小木屋竣工时，各个房间还没有装录像机，后来地方上的住宿设施被破坏，那儿大量的录像机才被搬运到新建成的小木屋，这是七月中旬的事。正好赶上放暑假，等录像机和录像带都完全备齐，已是七月下旬。因此，那时服务手册上还没有刊登出租录像带的服务项目，凡是头一次来这儿的旅客，只有遇上雨天，才会吃惊地发现居然有这种服务，并借录像带打发时间。几乎没有人会事先带着录像带来翻录节目。到底是谁把那盘录像带带去的呢？又是谁录下了那段影像？

为了做到绝无疏漏，有时浅川三番五次地套对方的话，可是没发现一个人有所隐瞒。这十六组人当中，有三组是专程来打高尔夫球的，甚至没有留意到录像机。注意到屋里有录像机但没有使用的则有七组。本来准备打网球，但由于下雨没法打，只好租借录像带的有五组。他们租借的电影多半是历年的名片，大概以前也看过。剩下的最后一组是住在横滨的金子一家四口，据说是准备用带去的录像带录电视节目。

浅川放下话筒，再次浏览了一下收集的这十六组人员的资料。其中有问题的好像只有一组，就是金子夫妻和念小学的两个孩子。他们今年暑假在别墅小木屋投宿过两次。第一次是八月十日星期五的晚上，第二次则是八月二十五日星期六和二十六日星期日，连续住了两晚。他们第二次投宿的时间正好比那四个人早了三天。之后的星期一和星期二都没有客人投宿。因此，随后住进的客人就是死亡的四个人。而且，据说在星期天晚上八点，他们读小学六年级的长子从家里带来了录像带，准备录节目。那个男孩每到星期天的晚上八点，都一集不落地收看民营电视台播放的搞笑节目。不过节目的选择权掌握在父母手上，父母在这个时间总会把频道锁定在 NHK 的大河剧场。小木屋只有一台电视机，但他们知道那儿有录像机，因此那个男孩用暗录的方式将搞笑节目录了下来，想留待以后再看。谁知他正录着，有朋友跑来告诉他雨停了，约他一起去打网球，于是男孩和妹妹一起跑去球场了。父母在看完想看的节目后，忘了还在录节目，把电视给关了。直到近十点，在球场上疯了一阵子的兄妹俩才疲惫不堪地回来，很快就进入了梦乡，把录像带的事忘得一干二净。第二天，他们快到家时，男孩才发现录像带遗忘在录像机里面了。据说他大声请求正在开车的父亲“回去拿”，两人发生了激烈的争执，但最终男孩还是放弃了，缩在家门口哭了半天。

浅川拿出录像带，把它立在桌上。卷标部位“富士特克斯VHS T120 Super AV”的字样泛着银光。浅川又一次拨通了金子家的电话。“真是非常抱歉，我是刚才打过电话的M报社的记者——浅川。”

稍稍隔了一会儿，才听到对方应了一声“哦”。和刚才一样，接电话的人还是母亲。

“您刚才说孩子忘了拿录像带，请问您知道那盘录像带是哪家公司的产品吗？”

“这个嘛……”话筒里传来对方带着笑意的声音。这时，浅川听到对方的身后传来了响声。

“啊，我儿子刚好回来了，我去问问他。”

浅川等候着。该不会不知道是哪家公司的产品吧？

“他好像也不知道，我们家一般都只用那种三盒一起买的便宜货。”

这也不是不可能。人们在使用录像带时，都不会特别注意是哪一家厂商的产品。这时，浅川突然闪过一个念头：等等，这盘录像带的盒子去哪儿了？一般录像带都是放在盒子里卖的，不可能先把盒子扔掉。

“请问您都是将录像带放在盒子里保管的吗？”

“嗯，当然。”

“实在不好意思，能不能请您核查一下家里是否有空的录像带盒？”

“啊？”对方有些摸不着头脑。尽管她听明白了，但并不清楚浅川要做什么，因此迟迟没有反应。

“求求您……这是人命关天的事。”家庭主妇最怕涉及人命的事。想省事地让对方快快行动时，这句话具有十足的威力，更何况浅川并没有撒谎。

“请稍等。”果然，对方的回应变了。她放下话筒，那边静了很长一段时间。如果盒子也和录像带一起遗忘在小木屋里，恐怕被那个管理员扔掉了吧。如果不是，盒子很可能还留在金子家。

“那种里面是彩色的盒子吗？”话筒那边终于传来了声音。

“是的。”

“我们家有两个。”

“上面应该记着厂商的名字和录像带的种类。”

“嗯，一个是‘宽银幕立体声 T120’，另一个是‘富士特克斯 VHS T120 Super AV’……”

后者和浅川手上的录像带名称完全相同。尽管售出的富士特克斯录像带应该不计其数，还不能说这是确凿的证据。但是可以确定，他的调查更进了一步。这盘恶魔般的录像带是由一个小学六年级的男孩带进小木屋的。浅川客气地向对方致谢，挂了电话。

八月二十六日，也就是那四个年轻人入住三天前的星期日，从晚上八点开始，B-4 号房的录像机一直就处于录制状态。金子一家没有取录像带就回家了。接着入住的就是那四个年轻人。那一天依旧下着雨。他们几个打开录像机，却发现里面已经放入了一盘录像带，也没多想就观看了。结果录像带里净是一些莫名其妙的内容，最后还有一段威胁的咒语。四人诅咒着这恶劣的天气，想到了一个恶作剧：把逃避死亡命运的方法给洗掉，想让之后投宿的房客看，吓唬吓唬他们。可见四人一定不相信录像带上的内容。他们在死亡的一瞬间，有没有想起录像带的内容呢？还是来不及回想就被死神带走了？这并不是与己无关的事，浅川不禁打了个哆嗦。还有五天，如果不能找出逃避死亡的方法，他就将遭遇相同的命运，那个时候，他就会知道那几个人是怀着怎样的心情死的。

话说回来，如果那些画面是男孩录下来的，影像又是从哪里来的？起初浅川认为有人用摄像机拍好录像，之后带入小木屋。他确实没有想过，有人为了录制节目放置录像带的时候，神秘的影像便借着电波侵入了。

电波干扰！浅川想起去年选举时，NHK 结束播映后，曾有人把诽谤对方候选人的录像插播进来。没错，除了电波干扰，没有其他可能。

从八月二十六日晚上八点开始，那个神秘影像可能随着电波在南箱根一带流窜，偶然被这盘录像带接收了。果真如此，应该会留下一些相关记录。浅川想立即向地方分局和通讯部咨询。

## 4

晚上十点浅川才回到家，妻子和女儿已入睡，发出了平稳的鼻息声。他一踏进玄关，就立刻打开卧室门，确认妻女都睡熟了。无论他回来时有多疲乏，这都是必不可少的。

客厅的桌上放着一张纸条，上面写着“高山先生打电话找过你”。今天一整天，浅川从公司打了好几个电话到龙司家，可他都不在家，没准也出去调查了吧？有可能找到了一些新的线索。浅川拨通电话，可是铃声响了十次也没有人接听。龙司一个人住在东中野的公寓里，可能还没回来。

浅川动作很轻地洗完澡，开了一瓶啤酒，再一次拨电话——龙司还是没有回来。他又换了杯冰镇威士忌。现在他唯有借酒助眠，否则无法安然入睡。身材瘦高的浅川从来没有什么病痛，而今却以这种方式被判了死刑。他觉得这就像一场梦。

没弄明白录像带的意义和咒语的内容，十月十八日晚上十点那个死亡期限之后，我是否还能日复一日地生活下去，就像什么事也不曾发生？小栗总编一脸鄙夷地说我愚不可及，龙司则嘿嘿地笑着嘀咕：“世界的构造真叫人搞不懂啊！”妻子和女儿则像以往一样以熟睡的脸庞迎接我……但即使飞机坠落，乘客也不会放弃获救的一线希望。

喝完第三杯冰镇威士忌后，浅川第三次拨通了电话。如果还没有人接，今天就不再给他打了。铃声响了七下，传来了拿起话筒的声音。

“你在干什么啊?！到现在才……”浅川还没弄清对方的身份，就大吼起来。面对龙司时，他不知不觉就说出粗话来。这真是不可思议。浅川对朋友总是保持一定距离，绝不坏了风度，唯有对龙司，他可以毫不在乎地粗言秽语。尽管如此，他却从不曾把龙司当成密友。

令人意外，话筒里传来的并不是龙司的声音。

“喂,请问……”突然被大骂了一通,女人的声音有些惴惴不安。

“啊，对不起，我弄错了。”浅川打算挂电话。

“请问您找高山老师吗？”

“啊，是，是的。”

“老师还没回来……”

浅川非常想知道这位听起来既年轻又富有魅力的女人是谁。从她称呼龙司为“高山老师”来看，她应该不是龙司的家人。是恋人？浅川一直认为不可能有女人喜欢上龙司。

“是吗？我是浅川。”

“老师回来了，我会转告他，让他给您打电话。您是……浅川先生，对吧？”

浅川放下话筒，这个女人的声音依然在耳畔回响，那柔和的声音听起来真舒服。

阳子出生后，浅川夫妻便把床从铺着地毯的卧室里搬了出来，因为不可能让婴儿睡在床上，九平方米大的房间里也放不下婴儿床。没办法，两人只好舍弃一直睡的双人床，直接把棉被铺在榻榻米上。浅川钻进铺在榻榻米上的两床被子的空当里。只有一起睡下，三人睡的地方才是固定的。阿静和阳子睡相不好，睡熟后就会大大偏离原来的位置，最后一个钻进被窝的浅川总得寻找空当躺下。如果浅川不在了，这个空当大概多长时间才会填补上呢？并不是说阿静找不到再婚的对象。人一辈子都无法填补丧偶造成的空缺。三年或许是最合适的界线吧？浅川胡乱地想象着阿静回到娘家，把女儿托付给父母，然后外出工作，她也因之容光焕发。他希望女人能坚强点。一想到自己离开人世，娘俩也会跟着坠入生活的地狱，他就受不了。

五年前，浅川刚从千叶分局调到总部的出版社时，认识了在M报社下属旅行社任职的阿静。她们公司在三楼，浅川在七楼，两人只是偶尔在电梯里见面。有一次，浅川为了采访去她们那儿拿公交通票，刚好负责人不在，便由阿静接待。这时阿静才二十五岁，非常喜欢旅行，十分羡慕浅川可以到处飞来飞去地采访。

浅川却从她的眼睛里发现了初恋情人的影子。

相互认识后，两人在电梯里遇到了就打招呼，渐渐地感情加深。两年后，他们在双方家长的同意下顺利成婚。结婚前半年，阿静娘家资助了首付款，在北品川买了一套两居室的公寓。他们俩并不是预计地价会暴涨才匆匆忙忙在结婚前买下新居，仅仅是为了尽早还完贷款。错过这一时期，浅川夫妇不可能在东京市中心安家。因为一年后这套公寓的价钱大约涨了三倍，而他们每个月要还的贷款还不到时下租金的一半。尽管夫妇经常抱怨房子太小，但是有了这份财产，生活滋润多了。能给她们俩留下这笔值钱的遗产真好，浅川想。如果把他的人寿保险金拿去还房贷，这套房子就完全归妻子和女儿了。

我记得死后获赔的人寿保险金应该是两千万，必须核实一下。浅川睡意朦胧地在大脑里将保险金分配成多份。如果有什么建议，最好也尽早记录下来，他告诫自己。可是，他会被冠上怎样的死因呢？病死、意外死亡，还是他杀？

这三天，浅川入睡时经常陷入悲观。他痛苦地想象着自己离开这个世界会造成什么影响，还打算写下遗书。

## 10 月 14 日　星期日

第二天是星期天，浅川一起床就马上拨通了龙司的电话。话筒里传来了龙司沙哑的应答声，好像是被电话吵醒的。一想起昨晚的焦虑，浅川就不由得对着话筒怒吼："昨天晚上你跑到哪里去了？"

"啊……啊，什么啊……是浅川吗？"

"你难道不该打电话给我吗？"

"哎呀，我昨天喝过头了。女大学生不仅酒量好，'那儿'也很厉害，我服了，我服了！"

突然间，浅川感到这三天就像做梦一样，顿时泄了气。他感到自己活得简直像个大白痴。

"总之，我现在过去，你等着我。"

浅川乘坐 JR 国铁在东中野下车，朝着上落合走了十分钟，一路上都在想晚上游走于一家家酒馆的龙司。这家伙一定是发现什么线索，突然把谜底解开了，才能若无其事地喝到三更半夜。离龙司的公寓越近，他越乐观，不由得加快了脚步。在不安与期待、悲观与乐观间摇摆不定，他疲惫不堪。

龙司好像刚起床，他穿着睡衣、胡子拉碴地跑来开了玄关的门。浅川一脱下鞋子，便迫不及待地问道："有什么发现了吗？"

"没什么……嗯，你先进来吧。"龙司不停地搔着头，两眼无神，目光游移不定，一看就知道脑细胞还没有清醒过来。

"喝杯咖啡提提神吧。"期望落空的浅川有些不悦，把水壶放在炉子上点着火，故意发出咣当咣当的声音。他忽然感到时间紧迫。

在一间十二平方米、墙上堆满书的房间里，两人盘腿坐下。

“快把你查到的事情告诉我！”龙司抖着腿说道。已经不容许浪费时间了。浅川快速整理了一下昨天调查清楚的事，按照时间顺序排列好。首先，那盘录像带貌似是八月二十六日晚上八点在别墅小木屋里录制的。

“哦？”龙司显得很意外。他也认为是某人将录制好的录像带带进小木屋的，“这就有意思了。如果是电波干扰，应该还有人看到了那些影像……”

“我就此事问过热海和三岛的通讯部，他们并没有接到任何消息说八月二十六日晚上，南箱根曾出现过奇怪的电波。”

“原来如此、原来如此……”龙司环抱着双手思考了一会儿，“有两个可能。第一，看过这些影像的人都死了……等等，在影像干扰电视的时候，解除咒语的方法应该还没有被洗掉……唉，算了。总之，当地的报社对这件事也没有作任何报道……”

“我也确认过了。你是指除了那四个人还有没有别的牺牲者吧？答案是没有，也就是零，你知道吗？如果是电波干扰，应该有更多人看到那些影像，却没再出现牺牲者，也没有匪夷所思的传闻。”

“哎，你还记得艾滋病刚在文明社会出现时的情形吗？最初美国的医生都不知道究竟发生什么事了，看到那些患者出现前所未有的症状死亡，才预感可能出现了一种奇怪的病症。正式提出‘艾滋病’这个名称，则是在病例出现两年以后。对吧？”

以丹那断层为界，在它西侧的山区，只有热函山路的下方散居着一些山民。从那儿仰望南方，能看见与世隔绝的高原和南箱根太平洋乐园。难道说在这一块土地上，有某种肉眼看不到的东西正在悄然滋长？可能有许多人不明不白地猝死，只是没有被公开。不仅仅是“艾滋病”，最先在日本发现的“川崎病”也大约过了十年才被确认为一种新的疾病。自录像带偶然接收到奇怪的电波，还不到一个半月，不可能被认定为一种症候群。如果浅川没有发现包括外甥女在内的四个人死亡的共同点，这种“疾病”恐怕还沉睡在地底。这么想更恐怖。

“我们可没有时间去当地挨家挨户地询问。龙司，还有一种可能性是什么？”

“除了那四个人和我们，再也没人看过那些影像。你想想，那个偶然录到这些影像的小鬼头，怎么知道乡下的电波会发生变化呢？东京第四频道播放的节目，一到乡下，有时在完全不同的频道播放。那个小傻瓜一无所知，录制节目时可能还是调到了东京的频道。”

有道理，那个男孩可能调到了当地人不会收看的频道，然后按下了录制键。由于是暗录，他也没有确认过画面。而且山区的住户住得很零散，看电视的人也很少。

“不管是哪一种可能性，问题是，电波的发送地点在哪儿？”龙司简单地下了结论。必须进行有组织的科学搜查，才能解决这个问题。

“等、等一下。这个假设不见得正确。那个男孩阴差阳错地录到了奇怪的电波，只是一种推测罢了。”

“我知道。可要是确认了再调查，我们还能得出其他结论吗？只能顺着这条线索摸下去。”

浅川的科学知识相当贫乏，他必须先弄清楚电波到底为何物。他们只能自己查找电波的发送地点，必须再去一趟那个地方。不算今天，他离死亡期限只剩下四天了。

接下来的问题是，洗掉咒语的是谁？浅川曾向电视台咨询过年轻相声演员三游亭真乐在直播节目《Night Show》中担任嘉宾的日期。没错，对方答复是八月二十九日，可以肯定是那四个人洗掉了咒语。

浅川从公文包里拿出几张复印纸，那是伊豆大岛三原山的照片。“怎么样？”他递给龙司看。

“是三原山啊……这个也可以确定了。”

“你怎么知道？”

“关于那个老太婆说的方言，昨天下午，我问了我们大学里的民俗学专家。对方说那好像是伊豆大岛的方言，现在不太使用了。大概也包括位于伊豆大岛南端的差木地的方言。那家伙一向优柔寡断，不敢明确下论断。可是根据这些照片来推断，应该是大岛的方言，那座山一定是三原山。对了，关于三原山的爆发……你查到什么线索了吗？”

“啊，那当然。是战后……我认为可以把爆发的时间锁定在战后……”就其高超的摄影技术来看，应该没错。

“是吗？”

“你听着，战后三原山总共爆发了四次。第一次是从一九五〇年到一九五一年，第二次是一九五七年，第三次是一九七四年，而第四次还记忆犹新……是一九八六年的秋天。另外，一九五七年爆发时，产生了新的火山口，造成一人死亡，五十三人受伤。”

“就摄影机的普及程度来看，一九八六年那一次最可疑，不过还没有十足的把握。”

龙司好像突然想起了什么，从包里翻出一张纸片。“对了对了，那方言好像给翻译成普通话了。专家很仔细地帮我翻译了。”

浅川接过纸片看了看，上面写着：“之后你的身体怎样了？老是玩水的话，妖怪会来找你的。听着，要小心外来的人，因为你明年就要生孩子了。你是我的孙女，要乖乖听婆婆的话，当地人应该不会介意吧？”

浅川仔细读了两遍，抬起头。“这是怎么回事？”

“我怎么知道？你不是要查这个吗？”

“我可是只剩下四天了！”浅川根本不知道从何查起，要查的事情实在太多了。他不禁责怪起龙司来。

“你啊……我比你多活一天，你应该带个好头，加油干嘛。”

浅川心头突然涌起一丝疑虑。龙司可能利用这多出来的一天做文章。假设破解咒语有两种可能，龙司只告诉他其中的一种，然后根据他的生死来验证哪一种是正确的。一天之差，却可能成为强大的武器。

“龙司，我是生是死对你恐怕没有意义吧？你可以开心地笑着这样说我，若无其事地……”尽管知道歇斯底里很不好，浅川还是忍不住大声咆哮。

“干吗讲这种没志气的话？有空哭哭啼啼的话，还不如多动动脑筋！”

浅川依然愤愤地瞪着龙司。

“喂！我怎么说你才会舒服？你是我的密友啊，你要是死了，我会难受。我会努力，你也加油啊。我们俩一起加油吧……喂，这样你没什么可以抱怨了吧。”中间，龙司改用了小孩的腔调说话，话音刚落，便粗野地笑起来。

正笑着，有人打开了大门。浅川大吃一惊，不禁直起身子隔着厨房往玄关处望。一位年轻女子弯着腰，正在脱白色的鞋子。一头短发轻轻地覆住了耳朵，两只耳环闪着白色的光芒。女子抬起头，正好与浅川四目相对。

“啊，对不起，我以为只有老师一个人……”女子用手捂住了嘴。她举止十分高雅，身着一袭整洁的白衣服，似乎和这个房间极不相称。她那修长的腿露在裙子外面，精致而聪慧的脸庞和经常在电视广告中露面的一位女作家极其相似。

“请进来。”龙司的声音变了，带着一丝威严，往日的粗俗被遮掩起来，“我来介绍一下。这位是K大学文学部的高野舞小姐。她是哲学系的才女，常常来听我的课。像她这样的女孩子竟然能听得懂我的课……这位是M报社的浅川和行，我的……好朋友。”

高野舞有些惊讶地看着浅川。她究竟因何惊讶，浅川这时还不明白。

“初次见面……”高野舞微微颔首，脸上浮现一抹迷人的笑容，赏心悦目。浅川从没见过这么漂亮的女子：细嫩的肌肤、明亮的双眸、匀称的身材，由内而外散发的智慧、典雅和温柔……从她身上简直找不到缺点。

浅川呆若木鸡地站在那儿，说不出一句话来。

“喂，说说话嘛。”龙司捅了捅他的腰，浅川这才如梦初醒地回应道“你好”，可是目光依然呆滞。

“老师，昨天晚上您到哪里去了？”阿舞优雅地轻挪穿着丝袜的脚尖，向龙司走近两三步。

“高林君和八木君邀我去……”

两人并排站在一起，阿舞比龙司还要高十厘米左右，体重却大概只有龙司的一半。

“您不回来，也不告诉我一声……害我等了一整晚呢。”

此时浅川才如梦方醒。他想起了昨晚电话里的声音。昨天晚上，一定是这位女子接了浅川打来的电话。

龙司像一个挨了母亲斥责的小孩，低下了头。

“唉，算了。这次就原谅你。给你这个。”阿舞递过来一个纸袋，“这些内衣裤我洗好了。本来想帮忙收拾一下屋子的，可是怕改变了书本的位置，老师会生气，所以……”

浅川从对话来推断两人的关系。昨天这个女孩在龙司的房间里一直等到很晚。两人怎么看都像超越了师生关系的恋人，是这样吗？看到一对很不般配的情侣，浅川就很生气，可是现在更甚。龙司周围的一切仿佛都脱离了正常的轨道。此时龙司以充满慈爱的眼神注视着阿舞，他说话的语气和表情都变了，真像一条出众的变色龙。浅川感到愤怒，想把龙司的罪行都揭发出来，让高野舞幡然醒悟。

“老师，快中午了，我帮你们做些吃的吧？浅川先生也在这儿吃吧？您想吃些什么？”

浅川尴尬地看着龙司。

“你就别客气了，阿舞小姐的厨艺可谓一流。”

“什么都行。”浅川终于舒了口气。

随后，阿舞出门去附近的超市买食材。她的背影消失了，浅川依然恍惚地呆望着门口。

“喂，干吗发呆啊？”龙司窃笑道。

“啊，没什么。”

“喂！醒醒！你要发呆到什么时候啊？”龙司轻拍浅川的脸，“趁她不在，赶紧把要说的说了。”

“你没有让阿舞看那盘录像带吧？”

“那还用说！”

“我知道了。赶快收尾吧，吃完饭我就走。”

“嗯……你必须先找出天线。”

“天线？”

“就是电波的发送地啊！”

不能磨蹭了。回家路上顺便去一趟图书馆，查找一些关于电波的资料。与其今天稀里糊涂地去南箱根，还不如先做些调查和推测更快。只要找出搜查电波干扰一事的方法，总会找出一些线索。

要做的事堆积如山，浅川却觉得自己的雄心壮志已被削弱，心思全然不在这儿，脑海里总也抹不去阿舞的面容和身躯。为什么阿舞会和龙司这种男人交往呢？他感到愤怒，也充满了疑惑。

“喂，你在听吗？”龙司的声音让浅川清醒过来，“录像带里出现过男婴的画面吧？”

“啊。”浅川暂时挥开阿舞的身影，试图回想那个泡在羊水里的新生儿的影像，可是，脑海里浮现的竟是阿舞湿漉漉的裸体。

“我看到那个画面时，自己的手有一种奇怪的触感，就好像自己抱着那个男婴……”

想象中，阿舞和男婴交错出现在臂弯里，令人晕眩。浅川终于找回了那种感觉：当时婴儿就像躺在自己的胳膊里。他陶醉地抬起了双手。龙司也有完全相同的感受。

“我确实也感受到一股温热。”

“你也这样？这到底是怎么回事？”

龙司爬到电视机跟前，再次播放录像带中的画面。男婴发出平稳的啼哭声，大约持续了两分钟。在婴儿的脖子和屁股底下可以窥见一双温柔的手。

“咦，这是什么？”龙司将画面停止，然后一格一格地放。画面在短短的一瞬间变黑了。连续播放时很难注意这一瞬间，可是定格后重复播放，就可以捕捉到影像被涂抹成黑色的一瞬。

“啊！又有了。”龙司叫道。他像猫一样弓着背，一脸严肃地死死盯着画面，突然又拉远距离，两只眼睛骨碌碌地转动。龙司正在积极地思考，他一思考眼睛就转动。浅川不明白他在想些什么。但龙司最终测算出，在这两分钟的画面中，屏幕变黑的场景出现了三十三次。

“那又怎样？你仅凭这个能找出什么新线索？可能只是单纯的摄影故障或者操作失误吧……”

龙司不理会浅川，继续搜寻其他的画面。这时，传来了上楼的脚步声。龙司急忙按下停止键。不久，玄关的门开了。“让你们久等了。”阿舞出现在门口。整个房间再次被她的香气笼罩。

星期天下午，都立图书馆前的草坪上有很多父母带着小孩嬉戏。有的父亲和儿子一起练棒球，有的父母无法加入孩子的游戏中，便躺在草地上睡觉。十月中旬的这个星期天，天气晴朗，到处都洋溢着悠闲安逸的气息。

面对这一派景象，浅川有一种想赶快回家的冲动。他在四楼的自然科学区学习了一通电波的基本原理，此刻正茫然地眺望着外面的景色。今天很多时候他都突然中断思考，各种杂乱无章的记忆相继涌上心头，根本无法集中精力。是因为焦虑吧？浅川站起来，他想尽快见到妻子和女儿，被这种强烈的思念冲击着。剩下的时间不多了，再也不能那样在草地上和孩子一起嬉戏……

不到五点，浅川回到了家，妻子阿静正在切菜准备晚饭。从她的背影就知道她心情不好。浅川很清楚原因。难得一个休息日，他却丢下一句“我去趟龙司家”，一大早就出门了。连节假日都不帮老婆带带孩子，阿静的压力就会增大。他又是到龙司家去……那可不是个好去处。他可以编个合适的谎言，又怕万一有事，家里会联络不上自己。

“喂，房地产商来过电话了。”阿静说道，手里的刀并没有停下来。

“有什么事？”

“问我们要不要卖这栋公寓。”

浅川把阳子抱到腿上，念绘本给她听。虽然女儿还不懂得其中的含义，但是很多语言却能积累在大脑里，到两岁左右，语言便会像决堤的洪水一样涌出来。

“有好价钱吗？”

地价飙涨以来，很多房地产商希望他们出售这栋公寓。

“七千万。”

比前一阵子低了一些。不过还清房贷后，妻子和孩子手上还可以留下一笔可观的财产。

“你怎么说？”

阿静用毛巾擦了擦手，终于转过身来。“我说先生不在，我做不了主。”

阿静总是这样。我先生不在……必须和我先生商量……她从不曾一个人随便作过决定。可是往后……

“老公，你觉得怎么样？是不是该考虑了？我们可以在郊外买一处有庭院的独栋楼房呢，房地产商也这么说。”

浅川一家人的小小梦想便是将现在住的公寓卖掉，然后到郊外盖一栋大房子。如果连本金都没有，这仅仅是一个梦。但是他们拥有东京市中心的公寓这样一份雄厚的资产，这个梦就极有可能实现，人们在诉说梦想时，往往也能获得一份令人期待的快乐，而这个梦想对于浅川一家来说唾手可得。

“再说，差不多该要第二个孩子了……”

浅川比谁都清楚阿静在心中描绘着怎样的蓝图：在郊外盖一栋宽敞的楼房，两三个孩子各自拥有学习的房间。即使来了很多客人，也不会觉得起居室拥挤不堪。这时，阳子在他腿上闹起来。她抗议爸爸不看绘本，关注别的东西。浅川又把视线移到绘本上。

“……很久很久以前，沼间叫作沼滨，长满茂密芦苇的沼泽地一直延伸到海边。”念着念着，眼泪不禁在浅川的眼中打转。他想实现妻子的梦想，确实想，可是他只剩下了四天。若是他不明不白地死去，妻子能承受得住打击吗？他们的梦想已经脆弱得一触即碎，而妻子毫不知情。

晚上九点，妻子和女儿像往常一样进入了梦乡。浅川则一直记挂着龙司最后说的那番话。

为什么那家伙反复播放了好多次婴儿的画面？还有那个老太婆说的话“汝来年要生崽了”，即“你明年就要生孩子了”。老太婆说的孩子和男婴的画面有什么关系？此外，整个屏幕变黑的瞬间每隔一会儿就出现，好像出现了三十多次。

浅川决定再看一次录像，确认这些事情。看上去龙司像个马大哈，可他也在拼命寻找线索。龙司不仅逻辑思考能力很强，直觉也相当灵敏。浅川的强项则在于根据周密的调查推断出真相。

浅川打开橱柜，伸手去拿那盘录像带。准备推进录像机时，他忽然注意到什么，停了下来——等等，好像有点不对劲。

到底是哪儿不对劲，浅川也不明白。可是他的第六感在发挥作用，坚信这并非自己多疑。确实发生了小小的变化，是哪儿？是哪儿变了？他的心怦怦直跳。

坏了！事态好像并没有朝好的方向发展。终于想起来了！我最后一次看完这盘录像带，确实倒带了呀。然而现在，录像带左右两侧滚动条的厚度则是二比一，正好停在了影像播完的地方，并没有把录像带倒回去。肯定是谁看了，趁我不在家的时候……

浅川急忙跑到卧室。阿静和阳子依偎在一起睡着。浅川把阿静翻过来，摇着她的肩膀。“喂，醒醒！喂！阿静……”他尽量压低声音，以免把阳子吵醒。阿静厌烦地皱起眉头，身子左右扭动。

“喂，你快起来！”浅川的声音都和往常不一样了。

“什么……事？怎么啦？”

“我有话对你说，你过来。”浅川把阿静拽起来，拖到客厅，把录像带递到她面前，“你看过这个了?！”

面对气势汹汹的浅川，阿静看看丈夫，又看看录像带。“不能看吗？”过了一阵子，她好不容易才迸出这句话。

干吗气成这样？这个人，难得的星期日却不知跑哪儿去了。我觉得无聊，便找出前天你和龙司偷偷摸摸看过的录像带看。可是一点都不好看，什么也没有，还是黑白的。大概是M报社下属的摄影部门制作的吧？阿静无言地抗议着，觉得浅川没理由这么生气。

“你这个笨蛋！”自结婚以来，浅川头一次有种冲动想揍妻子一顿。可他只是握紧了拳头，极力忍住——冷静思考一下，都怪自己不好，把这种东西放在她很容易发现的地方。相信妻子不会擅自翻阅自己的东西，才把录像带顺手放在了橱柜里。而且我和龙司两个人看这盘录像带的时候，阿静来过这个房间，她自然对这盘录像带很好奇。都是我不好，没有把它藏起来。

“对不起。”阿静一脸不服气地向他道歉。

“你、什么时候、看的？”浅川颤抖着声音问道。

“今天上午。”

“真的？”

阿静不可能知道，观看的时间竟然对她有相当重要的意义。她轻轻点了点头。

“大概在几点？”

“为什么要问我这种问题？”

“行了！你快回答！”浅川又握紧了拳头。

“十点半左右吧？我记得《假面骑士》刚播完……”

《假面骑士》？为什么看那种节目？只有女儿阳子对《假面骑士》感兴趣……浅川强撑着不让自己晕倒。“行了，事关重大，你给我听仔细！你看这盘录像带时，阳子在什么地方？”

阿静都快要哭出来了。“她就坐我腿上啊。”

“你是说，阳子也……和你一起……看了……这盘录像带？”

“她只是瞄一眼闪动的屏幕，那孩子看不懂……”

“少啰唆！那无关紧要！”

梦想破灭？现在已不仅仅是这样了！我们就要遭遇灭顶之灾，一个个毫无意义地死去……

阿静看到丈夫如此愤怒、恐惧和绝望，终于明白这事非同小可。

“老公……那是……骗人的吧？”阿静想起了录像带中她认为是恶作剧的那段话。不会有那种事。可是丈夫竟然如此慌张，又是为什么呢？

“老公，那是骗人的吧……怎么会有那种事……”

浅川只是摇了摇头，什么话也说不出来。刹那间，一股怜意油然而生。他没有想到，家里竟然有人陷入了和自己相同的命运。

## 5

### 10 月 15 日　星期一

这几天，每当早上醒来，浅川总希望之前的一切只是一场梦。他打电话给附近的租车公司，说他会按照昨天预约的时间去取车。昨天确实预约了。现实依然在没有任何变故地延续下去。

为了在当地找到电波的发送地点，必须有交通工具。市面上出售的对讲机不容易干扰电视的电波，因此他准备使用经专家改造的对讲机。从影像不曾中断来看，电波非常强，发送地点一定就在附近。如果能搜集到更多的信息，就可以锁定电波传送的区域，进而找出发送地。可是浅川掌握的信息只有这么一个：别墅小木屋 B-4 号房里的电视接收到了这个电波。除了以那儿为中心，一边确认地形，一边对周围展开地毯式搜索，他实在想不出其他方法，也不知道需要花费多长时间。浅川权且把三天的换洗衣物塞进包里……再多带也没必要了。

即使两人面对面，阿静也不想再提录像带的事。昨天晚上，浅川一时想不出完美的谎言，便没再解释“一周后会死亡”的事，让阿静去睡了。阿静也一定害怕确认这件事，宁愿稀里糊涂的。她没有像以往那样刨根问底，而是陷入了沉默，像在检讨。但她依旧无法排解内心的不安，看早上的电视连续剧时不停地直起腰来，对外面的声音非常敏感。

“不要再提这件事了，我也不知道该怎么回答你。总之，一切交给我吧。”为了减弱阿静内心的不安，浅川只能这么说。他不能在妻子面前显得懦弱。

正当他准备出门时，电话响了，是龙司打来的。

“我发现了一件有趣的事，想听听你的意见。”龙司的言语中透着一丝兴奋。

“你就不能在电话里讲吗？我正要去租车。”

“租车？”

“你不是叫我去找电波的发送地吗？”

“这样啊。你那边先放一放，赶紧过来一趟吧。搞不好用不着去找天线了，因为它存在的前提都没有了……我是说或许。”

如果到时候必须去一趟南箱根太平洋乐园，可以直接从龙司家出发，因此浅川决定还是先去租车，顺路再去龙司家。

浅川把车开上人行道、停好后，急急忙忙地敲响了龙司家的门。

“进来！门没锁。”

浅川用力推开门，故意踩着重重的脚步穿过厨房。“你发现什么了？”他迫不及待地问。

“你心急火燎地干什么啊？”龙司盘着腿，睁大眼睛望着浅川。

“你到底发现了什么？快告诉我！”

“你冷静一点儿嘛。”

“我冷静得了吗？快！赶紧说！”

龙司沉默了一会儿，缓缓问道："你怎么了？发生什么了？"

浅川瘫坐在十二平方米的房间里，双手紧紧抱住膝盖。"我太太……我太太和女儿都看过那东西了。"

"这……这下可坏了！"龙司定定地看着浅川，等待他平静下来。他打了个喷嚏，擤了擤鼻子，发出"扑"的一声。"你想救太太和女儿吧？"

浅川像孩子似的点了点头。

"既然如此，你更该保持冷静。我先不下结论，只把证据摆给你看。我想知道由那个证据，你会想到什么。如果你还这么激动就麻烦了。"

"我懂了。"浅川老老实实地答应。

"先去洗把脸吧。"

在妻子面前，浅川不能显得慌乱，只能在龙司面前发泄一通。

浅川用毛巾擦着脸回来后，龙司递给他一张纸。上面列了一个简单的表：

| | |
|---|---|
| 1）开头 | 83 秒〔0〕抽象 |
| 2）流出红色的物体 | 49 秒〔0〕抽象 |
| 3）三原山 | 55 秒〔11〕现实 |
| 4）三原山爆发 | 32 秒〔6〕现实 |
| 5）"山"字 | 56 秒〔0〕抽象 |
| 6）骰子 | 103 秒〔0〕抽象 |

7）老太婆　　111 秒〔0〕抽象

8）婴儿　　125 秒〔33〕现实

9）无数张脸　　117 秒〔0〕抽象

10）旧电视　　141 秒〔34〕现实

11）男人的脸　　186 秒〔44〕现实

12）尾声　　132 秒〔0〕抽象

一眼就能明白，这是根据电视画面划分的。

“昨天晚上，我突然想到列一张这样的东西……你知道这是什么意思吧？录像带里的影像一共由十二种画面组成。我试着将它们分别列上号码和标题。标题后面的数字是该画面播放的时间，后面括号中的数字，就是画面变成漆黑的次数。”

浅川一脸惊讶地看着龙司。

“昨天你回去后，我查了一下婴儿以外的画面，想确认一下是否也有变成全黑的情况。结果就得到了这个数据。在三、四、八、十和十一号画面中都出现了这种情况。”

“那后面的‘抽象’和‘现实’又是什么意思？”

“这十二种画面大致可分为两种：一种是抽象的，就是浮现在头脑中的景象，也可以称为‘想象中的景象’；另一种则是通过肉眼看到的现实中的画面。”龙司停顿了一下，“看到这个，你有没有发现什么？”

“果真如你所说，只有在现实的画面中才出现黑屏。”

“没错吧？你必须记住这一点。”

“喂，龙司，你别再吊我胃口了。快点给我解释清楚吧，这到底意味着什么？”

“你先别急。要是我先给你下结论，反而使你的直觉变迟钝。一旦对结论深信不疑，即使扭曲所有的事实，你也会想尽办法使这个结论变正确。搜查罪犯时也是这样吧。如果认定一个人可疑，我们就会觉得所有证据都表明他有罪。是吧？现在我们不能走错路。你必须帮我验证一下我得出的结论。从罗列在这儿的事实中，你是否有和我一样的直觉？”

“我懂了。接下来呢？”

“听着，基于黑屏只在现实景象出现，我要你回想一下第一次看到这些影像的感觉，正如我昨天说的那个婴儿的画面。此外呢？那个有无数张脸的画面怎样？”龙司操纵着遥控器，播放出那个有无数张脸的画面，“看仔细，这些脸。”

嵌在墙上的数十张脸慢慢缩进去，然后膨胀为成百上千张脸。细看每一张脸，会发现虽然同为人脸，可有些地方又不太一样。

“有什么感觉？”龙司问。

“感觉像是在指责我，骂我撒谎、骗子什么的。”

“是吧。我也有相同……不，相近的感觉。”

浅川集中精神思考。

“怎么样？”龙司又问。

浅川摇了摇头。“不行，什么也想不出来。”

“你再仔细想想，一定会和我想到同样的事情。听好，不论是你还是我，都一直认为这些影像是用摄像机之类的机械镜头拍摄的，对不对？”

“难道不是？”

“那么瞬间覆盖住画面的黑屏又是什么？”龙司一格格地播放，把黑屏的画面给调了出来。大约每三到四格就会出现一次黑屏，而一格约有 1/30 秒，换算为时间，间隔约为 0.1 秒。“为什么它只出现在现实的画面中，没有出现在抽象的画面中？仔细看这个画面。其实并非整个屏幕都是黑的。”

浅川把脸凑近屏幕，确实不是全黑。上面薄薄地覆盖着一层朦胧的雾气一样的东西。

“这朦胧的影子，就是余像。看着这些影像，会不会产生一种自己成为当事者的感觉？”龙司对着浅川用力眨了眨眼。

“难道这是人在眨眼睛？”浅川嘀咕。

“没错吧？这么想，一切都合情合理。人除了直接用眼睛看，大脑中也会浮想出画面。这时没有通过视网膜，所以不会引起眨眼。但是，在现实中，我们用眼睛看风景时，是根据投射到视网膜上的光线强弱成像。这时，为了防止视网膜干涩，就会情不自禁地眨眼，而黑屏就是闭眼的那一瞬间。”

浅川又一次感到恶心。第一次看完这盘录像带时，他跑到厕所吐了，而这次的恶心愈加严重。到底是什么东西侵入了自己体内？这盘录像带不是用摄像机录的，而是经由某人的眼睛、耳朵、鼻子、舌头以及皮肤的触觉——由人的五官录制而成。某种物体的影子竟然倏地一下蹿进了自己的感官，这种恶心感令他不停颤抖……而此刻，他正和体内的异物以相同的视角观看这盘录像带。即使不停擦汗，冰冷的汗水仍旧从额头上冒出来。

“你知道吗？喂，虽然有个体差异，但男人一般每分钟眨眼二十次，女人则是十五次。所以，录下这些影像的可能是个女人。”

浅川已经听不到龙司在说什么。

“喂，怎么了？一张脸像死人的一样。”龙司笑了，“乐观一点嘛，我们离答案又近了一步。如果这些影像是由某人的感官录下，咒语的内容应该和那个人的意志有关，也就是说，这人希望我们为她做些什么。”

浅川暂时无法思考。龙司的声音虽然在耳畔回响，但它的含义并没有传递到大脑中。

“我们要做的事情很清楚：必须查出这个人是谁，以及她生前——嗯，我想她大概不在人世了——希望做什么事，那就是能让我们活下去的‘谜底’。”龙司对着浅川挤眉弄眼，像是在说：还有什么疑问吗？

浅川驾车穿过第三京滨，沿着横滨横须贺公路一路朝南奔驰。龙司把副驾驶座的靠背放倒，若无其事地睡着了。已近下午两点，可浅川根本没觉得饿。

他本想叫醒龙司，随即又把伸出的手缩回来。距目的地还有一段路。龙司只是漠然地说去镰仓，却没有告诉他目的地，目的也不清楚。浅川开着车，情绪烦躁起来。先前龙司手忙脚乱地收拾行李时，曾说过具体情况会到车上告诉他。可是刚一上车，龙司便扔下一句："昨天晚上我都没有合眼，到镰仓之前不要叫醒我。"随即就睡着了。

在朝比奈下了公路，沿着金泽街道开了五公里左右，便来到镰仓车站前。龙司整整睡了两个小时。

"喂，到了。"浅川摇摇龙司的肩膀，龙司像猫一样伸展四肢，用手背揉揉眼睛，不停地摇着头。"好不容易做了个好梦，真是的……啊！"

"接下来怎么办？"

龙司起身扫视了一眼窗外，确认身在何处。"沿着这条路一直往前走，看到鸟居后左转，然后停车。"他又要躺下，"嘿嘿，我要接着做我的美梦。"

"喂，这段路花不了五分钟。你既然有空睡觉，总可以把话说清楚吧。"

"到那儿你就知道了。"龙司用膝盖抵住仪表板，又沉沉地睡去。

浅川左转后停车，近前有一栋两层的旧民居，上面写着"三浦哲三纪念馆"。

"开进那儿的停车场。"不知道何时，龙司微微睁开眼睛，一脸满足的表情，鼻孔微张，像是正在闻着芳香，"嘿嘿，托你的福，我总算接着把那个梦做完了。"

“什么梦？”浅川一边打方向盘一边问。

“那还用说，肯定是在天空飞翔的梦喽，我最喜欢这样的梦。”龙司高兴地哼着小调，用舌头舔了舔嘴唇。

三浦哲三纪念馆里没有一个人影。一楼三十多平方米的大厅里，许多照片和书籍陈列在镜框中，摆放在玻璃橱柜里，中间的墙上则贴着三浦哲三的简介。浅川读过后才弄明白三浦哲三是何等人物。

“对不起，有人吗？”龙司朝里面叫道，但没人回应。

三浦哲三从Y大学退休后，在两年前于七十二岁时去世。他的专业是理论物理学，对物性物理学和统计力学有十分深入的研究。不过，建成这栋小小的纪念馆并非因为他在物理学方面的业绩，而在于他对超自然现象的科学分析。简介中写道：三浦先生的理论得到了全世界的关注。但恐怕只有一部分人关注他的理论，因为浅川从未听说他的名字。他倡导的理论是什么？浅川在墙上和陈列柜中寻找答案。“意念拥有能量，而这种能量……”浅川看到这儿，里面传来下楼的脚步声。拉门开了，一位留着胡子的四十多岁的男人出现在门口。浅川见龙司拿着名片向男人走去，也依样从胸前的口袋拿出名片。

“您好，我是K大学的高山。”龙司此时的语气与平时和浅川说话时有些不一样，他这种圆滑的举止有点可笑。浅川也把名片递了过去。男人看到名片上分别印着“大学讲师”和“周刊杂志记者”的头衔，脸上微微露出厌烦的神情，主要是因为浅川的名片。

“方便的话，能否和您商量点事？”

“啊？什么事？”男人眼中透出一丝戒备。

“三浦先生生前，我曾经同他见过一面。”

听了这话，男人不知为何像是舒了口气，紧绷的表情也舒缓了许多。他搬来三张折叠椅，和龙司、浅川相对而坐。“这样啊……先请坐吧。”

“大约三年前……对了，就是三浦先生去世的前一年，母校领导问我，有没有科学方法论的讲义，于是，我有幸同三浦先生谈话……”

“是在这儿吗？”

“是的，通过高冢教授的介绍……”

听到高冢教授的名字，男人终于露出笑脸，似乎明白了这两个人站在自己一边，不会攻击自己。

“很抱歉，我叫三浦哲明，很不巧我的名片用完了。”

“这么说，您是三浦先生的……”

“是的，我是他的不肖子。”

“是吗？哎呀，真没想到三浦先生还有这么出色的儿子。”

浅川差点笑出声来。哪有对年长十岁的人这么说的！

三浦哲明简单介绍了一下这座纪念馆。这是在学生们的协助下，把父亲遗留下来的房子改建成的对大众开放的纪念馆，便于整理搜集资料。接着，他还颇为自嘲地说，自己没像父亲希望的那样走上学术之路，却在纪念馆附近盖了一栋膳宿公寓，正在经营。

“我是在利用父亲的名声和遗留给我的这片土地，只能说是个不肖之子。”

三浦哲明说完，不好意思地笑了。他的膳宿公寓经常被高中生用作集宿地，前来投宿的多半是物理、生物等自然科学类的俱乐部，也有超常心理研究会等组织。高中生集宿通常要有名目，因此“三浦哲三纪念馆”就成了让这类团体前来投宿的极佳诱饵。

“对了……”龙司正襟危坐，试图将话题引入核心。

“啊，实在对不起，我情不自禁地讲了一堆废话……请问两位有何贵干？”

能看出，三浦哲明似乎没有科学家的才能，倒和那些以貌取人的势利商人非常像。浅川看到龙司脸上露出一丝轻蔑。

“其实，我们在找一个人。”

“什么人？”

“不，我们是为了查出那个人的名字才来这儿的。”

“啊？这是怎么回事？很抱歉，我不太明白……”三浦哲明不解地微蹙眉头，委婉地催促龙司把话说清楚。

“我们不清楚这个人目前是活着还是死了，但是可以肯定，她拥有异于常人的神秘力量。”龙司停顿了一下，定定地看着三浦哲明。哲明似乎马上明白了“拥有异于常人的神秘力量”是什么意思。“三浦先生在这个领域算是日本首屈一指的收藏家。以前我曾听他说过，他利用自己的信息网络，将日本境内具有特异功能的人列了一张名单，并一直保存着。”

哲明阴沉着脸，暗暗思忖他们是不是要从这些资料中查找某个人。

“啊，我们当然保存了那些档案。不过，其中有很多都是骗人的，不能算数。”三浦哲明一想到要重新查阅那些档案，不禁打了个寒战。那些档案由十多名学生耗时数月才整理好。而且，一些颇具争议的资料也遵照父亲的遗嘱保存下来，收藏数量颇为庞大。

“我们就不劳您大驾了。如果您不介意，就由我们俩查吧。”

“那些资料都存放在二楼的仓库里，两位先去看看？”哲明站了起来。你们不知道那些档案的数量有多么庞大，看一眼那一排排书架，就会打退堂鼓。这么想着，哲明带着他们上了二楼。

这个房间的天花板很高，正对楼梯的墙上排列着两排七格的书架。每册档案里保存着四十篇资料，粗略地估算一下就有数千册。龙司倒没什么，浅川却大惊失色：要是在这儿花费很多时间，我们只能在这个阴暗的仓库里迎接死亡了。他失声叫道：“我怎么只有两只手！”

“我可以看看吗？”龙司若无其事地问道。

“请、请便。”哲明愣住了，不禁好奇他们俩到底想查找什么。他看了一会儿，终于有些厌烦似的扔下一句“我还有事”，便离开了。

屋里只剩两人，浅川问龙司：“喂，到底怎么回事？你快告诉我啊！”

浅川正在抬头看摆在书架上的档案，声音显得有点粗。进入纪念馆后，他还是头一次开口说话。档案按年代排列，封面上的日期从一九五六年开始一直排到一九八八年——三浦博士去世的那一年。他去世后，长达三十二年的搜集工作也就此终止。

“没时间了，边查边说吧。我从一九五六年开始查，你从一九六〇年开始吧。”

浅川抽出一本翻开。每一页至少有一张照片和简要的说明，还附有一张写着住址和姓名的纸。

“你口口声声要查、要查，可到底查什么？”

“你要特别注意地址和姓名，从里面找出一个伊豆大岛的女人。”

“女人？”浅川纳闷地歪着脑袋。

“那个老太婆究竟在对谁说‘你明年就要生小孩了’？”

确实，男人不可能生小孩。

于是两人埋头查找起来，一边重复着这种简单的体力劳动，一边交谈。龙司对三浦博士的收藏情况作了说明。

三浦博士对超自然现象很感兴趣。从一九五〇年开始，他就试着用特异功能做实验，但迟迟无法得到稳定的结果，因此无法将之上升为科学理论。比如透视能力的实验，本来一直做得很好，可一到公众面前往往就会发挥失常。三浦博士知道，发挥这种能力必须高度集中精神。他需要一个随时随地都能发挥这种能力的人。如果这个人面对众多到场验证的观众，却表演失败，三浦自己也会被诬蔑为骗子。三浦博士坚信，这个世上一定隐藏着许多拥有特异功能的人，他毕生致力于发掘有特异功能者。但总不能一个个面谈，核查对方是否有透视、预知或意念移物等特异功能，因此他想出一个办法，把严密封装的档案邮寄给可能有特异功能的人，要求对方运用意念读出里面指定的图案，再原封不动地寄回来。这样即使远隔千里，也可以测试出对方的能力。运用意念认字是特异功能者最基本的能力，拥有这种能力的人很多还有预知或透视能力。

一九五六年，三浦博士通过任职于出版社和报社的学生，开始在全国广泛招募有特殊能力者。学生们一听到某人有特异功能的传闻，就向三浦博士报告。但核查那些被邮寄回来的密封邮件，他们发现，确实拥有特异功能的人大约只占一成，大部分档案都被小心地拆封或调包了。明显是作弊的邮件当场就被三浦博士扔掉，有些可疑的资料则保留下来，就堆积了这么一大堆难以收拾的档案。后来，随着大众媒体的发展和学生不断增加，信息网更加完备，数据也逐年增加，直到博士去世。

“原来如此……”浅川低声说道，“现在我知道这些资料的意义了。可是，你怎么知道这些档案中就有我们要找的那个人呢？”

“我也没说这里面一定有，只是说可能性非常大。好了，你知道那种有特异功能的人吧？现实生活中，有不少这种可以用意念认字的人吧。可是，不需要任何装备就可以把影像传送到电视里，有这种特异功能的人寥寥无几。这可是顶级的特异功能。拥有这种能力的人应该相当引人注目，三浦博士的网络绝不会轻易放过。”

浅川也不得不承认。他加快了翻阅档案的速度。

“对了，你为什么要我从一九六〇年的档案开始找？”浅川突然想起这件事，抬起头来问。

“录像带中不是出现过一台电视机吗？那台电视机的款式相当老，应该是五十年代到六十年代初期电视机初创时期的机型。”

“也不能因为这样，就……”

“你真啰唆，我不是说过只是有这种可能嘛。”

浅川一直莫名地烦躁，他们的时间很有限，可是要查找的档案堆积如山，沉着冷静反倒显得不自然。

这时，浅川在档案中看到“伊豆大岛”几个字。

“喂，找到了！”他像发现了新大陆似的喊道。龙司大吃一惊，回过头来看着他。

这份档案写着“伊豆大岛，元町，土田昭子，三十七岁”，邮戳是一九六〇年二月十四日。档案里面还有一张在漆黑中闪过白色电光般的黑白照片，上面的解说是：“邮寄此信，要求对方以特异功能读出‘十’这个字，结果得到了这张照片。上面没有擦拭过的痕迹。”

“怎么样？”浅川等着龙司回答，兴奋得全身直哆嗦。

“不是没有可能，先抄下地址和名字再说。”龙司只说了这么一句，又埋头查找手中的档案。这么快就找到了一条相似的线索，浅川十分兴奋，龙司却如此冷淡，令他有些不满。

两个小时过去了，他们再没发现一个伊豆大岛的女人。寄件人的地址多半在东京或关东附近。哲明端着茶过来，扔下两三句听似嘲讽的话又走了。他们翻阅档案的速度也越来越慢，两个小时还没过滤完一年的资料。

浅川好不容易查完了一九六〇年的档案，正准备查一九六一年的时候，不经意瞄了一眼龙司。只见龙司盘腿坐着，把脸埋在摊开的档案中一动不动。这家伙睡着了吗？他正要伸手时，龙司发出颓丧的呻吟。

“我都快饿死了，你去帮我买便当和乌龙茶吧，顺便去‘小型阳光膳宿公寓’预约一下今晚的房间。”

“什、什么？”

“就是刚才那位大叔经营的膳宿公寓啊。”

“我知道，我是问你为什么要预约房间？”

“你不愿意住吗？”

“我们哪有时间去优哉游哉地住膳宿公寓啊！”

“就算找到那个女人的资料，现在也没办法到大岛去，不如先好好睡一觉，储存一点体力。”

浅川十分厌恶和龙司一起住，又毫无办法，只好跑出去买便当，同时向三浦哲明预订今晚的房间，然后和龙司一起喝乌龙茶吃便当。这是晚上七点，他们俩难得地小憩了一会儿。

浅川累得胳膊都抬不起来了，肩头也阵阵酸痛，眼睛发花。他摘下眼镜，把脸凑近档案接着查找下去，鼻子几乎贴着档案，生怕不集中精力就会遗漏什么。这样反而更容易疲乏。

晚上九点，寂静无声的仓库里突然响起龙司几近疯狂的叫声。

“终于找到了！没想到在这里！”

浅川一屁股坐到龙司旁边，重新戴上眼镜，只见上面写着“伊豆大岛差木地，山村贞子，十岁”。邮件的邮戳是一九五八年八月二十九日，并注明：“寄出此信，要求对方用特异功能读出自己的名字，之后得到这个结果，与实物核对无误。”里面还有一张黑底上印着白色的“山”字的照片。那个“山”字让浅川觉得很眼熟。

“哎，哎！就是这个！”他的声音都颤抖了。那盘录像带中，三原山爆发后显现的是和这个“山”字一模一样的画面，而且在第十段画面中，旧电视里出现了一个“贞”字，而这个女人的名字是山村贞子。

“你觉得呢？”龙司问道。

“没错，就是这个！”

浅川心底终于浮现出一线生机：或许时间还来得及……

## 6

### 10月16日　星期二

上午十点十五分，浅川和龙司搭上刚刚驶离热海港的高速快艇。伊豆大岛和日本本土之间没有桥梁连接，他们只好把车子停在热海后乐园旁边的停车场。此刻，浅川的左手还握着车钥匙。

预计一小时后抵达伊豆大岛。像是快下雨了，风势十分强劲。

大部分乘客都窝在座位上，不愿到甲板去。匆匆忙忙买票上船，浅川和龙司没来得及先看看天气，台风好像就要来临。海浪很大，船身摇晃得很厉害。

浅川喝着热的罐装咖啡，重新梳理了一遍事情的经过。他不知道该表扬自己追踪到这里来，还是该责骂自己由于疏忽，没尽早发现“山村贞子”的名字，前来伊豆大岛调查。问题的关键在于有没有发现瞬间的黑屏就是“眨眼”，记录影像的不是摄像机，而是人的感官，那个人向别墅小木屋 B-4 号房里正在录制节目的录像设备发射出强烈的“意念”，其具有的特异功能不容小觑。龙司注意到这个，终于成功地查出她的名字。不，还不能确定“山村贞子”就是“犯人”，只是个“嫌疑人”。

海面上波涛汹涌，船剧烈地摇晃起来。浅川突然被一种不祥的预感笼罩：我们应该一起来伊豆大岛吗？如果被台风困住，都无法离开，谁来救我的老婆和女儿？死亡期限正在步步逼近，就是后天晚上 10:04。

浅川用罐装咖啡暖手，瑟缩着身躯。“我还是无法相信，人能有这样的本事吗？”

“这不是信不信的问题吧？”龙司看着伊豆大岛的地图，“你必须面对这个事实。我们能看到的，只是不断变化的现象中的一部分……”他把地图放在膝盖上。“你总知道宇宙大爆炸吧？人们都相信，两百亿年前发生了激烈的大爆炸，从而诞生了宇宙。我可以用数学公式来表示宇宙诞生后一直到现在的模样，也就是微分方程……宇宙中几乎所有现象都可以用微分方程式表示。即使是一亿年前、百亿年前，或者是爆炸后一秒时宇宙的模样，我们都可以推算出来。可是，无论怎样追溯时间，零的那一瞬间，也就是爆炸那一瞬间的情况，却怎么也无法推算……宇宙到底是开还是合？我们无法知道开始和结束的样子，只能知道中间的过程。这不是和我们的人生很相似吗？”说着，龙司用手戳了戳浅川的手臂。

“是啊。我们看相册时，也只能对自己三岁或刚出生时的样子有一些了解。”

“没错。出生前和死亡后的事情，人类都无法了解。”

“人一死不是一切都结束，什么都没有了吗？”

“你死过吗？”

“没有。”浅川一脸认真地摇摇头。

“那你怎么知道死后的世界什么样？”

“你是说……有魂魄存在？”

“我只能说不知道。只不过思考生命的诞生时，假设有灵魂存在，我觉得比较容易解释。现代分子生物学家的一派戏言，根本没有现实性。你知道他们怎么说吗？他们说，在球体中混合二十几种氨基酸，通电及充分搅拌之后，就制造出了生命之源蛋白质。你会傻乎乎地相信这种事吗？我倒觉得神创造生命的说法更合理些。一个生命在诞生的那一瞬间，说它是一种新的能量，不如说是某种意志在起作用。”龙司把脸微微凑近浅川，突然改变了话题：

"哎，你刚才在三浦纪念馆不是热心地看过先生的著作了吗？有没有发现有趣的东西？"

"我记得上面写着这样一句话：'意念是一种能量'。"

"还有呢？"

"不知道，我没时间看完。"

"嘿嘿，真可惜啊。接下来的内容可有意思了！一般人听了会大吃一惊的事，那位先生却可以镇定自若地给你一一道来。他想说，观念是一种具有能量的生命体。"

"哎？也就是说，我们大脑中的思想会转变成生命体？"

"就是这么回事。"

"这种说法真极端。"

"尽管有些极端，但是公元前就有类似的思想。人们大都把它理解为生命论的变形……"说到这里，龙司突然失去了兴致，将视线移回地图上。

浅川不是不知道龙司想说什么，只是无法释然：现在面临的事无法用科学解释，就该紧紧扣住现象的层面进行分析。首先应解开咒语之谜，摆脱生命危险，而不是解开特异功能的谜底。

出了海口，船身摇晃得更加厉害。浅川担心自己会晕船，他感到胸口像有小虫子在蠕动一般。一直昏昏沉沉睡着的龙司突然抬起头来看着外面。海面上掀起深灰色的海浪，前方依稀可见岛影。

"浅川，有件事我一直记挂在心上。"

"什么事？"

“那四个在小木屋投宿的小鬼头，为什么没有按照咒语的指示去执行呢？”

“这还用说吗，一定是他们不相信录像带的内容。”

“我原先也是这么想，以为他们是抱着恶作剧的心态把咒语洗掉的。可是我突然想到一件事。高中时，有一次田径队在外面投宿。一天晚上，斋藤跑到我们房间来。你还记得斋藤吧？就是那个傻乎乎的家伙。当时共有十二名队员，大家都睡在同一个房间。那个傻瓜一跑进来就哆哆嗦嗦地大呼小叫：‘我看到幽灵了！’他说打开厕所门，看到洗手池旁垃圾桶的阴影里有一张小女孩的哭脸。你猜当时除了我，其他十个人有什么反应？”

“一半人相信，一半人哈哈大笑，是这样吧？”

龙司摇摇头。“悬疑电影或电视节目中常常是这种模式：最初大家都不相信，接着一个个被怪物杀害……现实中却并非如此。大家都信了他的话，十个人都相信了。这十个人都不是特别懦弱。用任何团体来做这个实验，结果也相同。恐惧是人的本能。”

“你想说，那四个人不相信录像带的内容是不可能的？”听龙司这么说，浅川突然想起女儿看到鬼面具时吓得号啕大哭。他十分不解，这孩子怎么就知道鬼面具很可怕呢？

“嗯……也不是。那些影像既没有什么故事性，也不是很恐怖，他们可能不相信。可是，难道那四个人一点也没把这件事放在心上吗？如果是你，你会怎样？只要照咒语说的做就能摆脱死亡，即使不相信，也会抱着姑且一试的心态吧？个把人抢先去试并不足为奇，就算当时在其他三人面前逞强，回东京后也可以偷偷去做嘛。”

浅川心里那种不祥的感觉愈发强烈。其实他也想过，如果咒语的内容根本不可能实现，怎么办?

“难道那不可能实现，他们只好用不相信来求得自我安慰？”浅川浮现出这样的猜想：一位被杀害的女人将讯息遗留在世间，希望借助他人之力来报仇雪恨……

“我知道你在想什么。真是这样，你怎么办？”

如果咒语的内容是命令你去杀一个人，为了保全自己的性命，你会不会去杀一个素不相识的人？浅川扪心自问。而且在这种时候，由谁来执行咒语？浅川狠狠地甩了甩头，不再去想荒诞不经的事。他只好祈祷“山村贞子”的期望是任何人都能做到的事。

这时，大岛的轮廓已清晰可见，船慢慢向元町港的栈桥靠近。

“喂，龙司，我有件事要拜托你。”浅川很吃力地说道。

“什么事？”

“如果我来不及……”浅川不想说“死”这个字，“如果第二天你解开了咒语的谜底，我老婆和女儿也……”

龙司打断他的话：“那还用说，交给我吧！我负责救你的老婆和小宝贝。”

浅川拿出一张名片，在背面写上电话号码。“在这件事解决之前，我打算让老婆和孩子回足利的娘家去。喏，这是她娘家的电话号码。趁我现在还记得，先交给你。”

龙司看都没看一眼名片，就放进口袋。

船内的广播通知乘客，已抵达伊豆大岛元町港。浅川从栈桥打电话回家，打算说服老婆回娘家去住一阵子。他不知道什么时候回东京，没准得在大岛迎接死期。他不敢想象妻子和女儿在狭窄的公寓里饱受惊吓的样子。

龙司一边走下扶梯，一边问道："哎，浅川，老婆孩子真的那么惹人怜爱吗？"

这话一点也不像龙司的风格，浅川笑着回答："到时候你也会知道。"

## *7*

两人站在大岛的栈桥上，感觉这儿的风势比热海的码头强几分。仰望天空，只见云层由西向东快速移动，冲击着栈桥水泥墙的波浪震得脚下也在晃动。雨不是很大，狂风却夹着雨滴从正面直击浅川的脸。两人都没带伞，只好双手插在口袋里，像猫一样弓着背快步走过栈桥。

岛上站着许多人，手举写有"出租车"或是"农家旅舍"、"旅馆"之类的招牌，迎接观光客。浅川抬起头，寻找约好来接的人。在热海港登上快艇前，浅川曾向总公司打听大岛通讯部的电话号码，请求一名叫早津的职员协助调查。没有一家报社在伊豆大岛设有分部，只雇用当地人当通讯员，时刻关注岛上的动态，一旦发现奇怪的事件就与总公司联系。总公司派人前来岛上采访时，通讯员当然得给予协助。早津从M报社退休后，便在伊豆大岛定居，大岛以南的伊豆七岛都是他搜集信息的范围，如果发生什么事，不用等总社的记者来，他就可以写好报道发出去。早津在岛上拥有个人信息网，他的协助对调查大有裨益。

早津爽快地答应了浅川的请求，在电话里约好到栈桥来接。浅川告诉他共有两人，并大致形容了自己的体貌特征。

“对不起，请问您是浅川先生吗？”突然有人从身后和他打招呼。

“啊，我是。”

“我是大岛通讯部的早津。”早津递过雨伞，笑容可掬地迎上前来。

“匆匆来访，给你添麻烦了。”浅川边走边介绍龙司，接着急忙钻进早津车内。外面狂风呼呼地吹着，不进车内根本没法说话。这是辆微型轿车，车内的空间却相当宽敞。浅川坐在副驾驶座上，龙司坐在后座。

“两位马上就去拜访山村敬先生吗？”早津两手放在方向盘上问。尽管他已六十多岁，头发还是十分茂密，只不过白发较多。

“你已经查出山村贞子的娘家啦？”先前在电话中，浅川曾告诉早津，他们想调查山村贞子这个人物。

“这是个小地方，差木地只有一户人家姓山村，一查就知道了。山村先生平常打鱼为生，夏季兼做农家旅舍的生意。怎么样？两位不嫌弃，今晚就住那儿吧……住我家也行，只是我家太小太脏……两位会感到不便……”

早津笑了起来。他和妻子两人生活在一起，可是并没有撒谎，他们家根本没法住下两位客人。浅川回过头看着龙司。

“我无所谓。”龙司说。

早津开着车朝大岛南端的差木地一路飞奔。说是飞奔，其实环绕大岛的环路十分狭窄，弯道又多，根本无法开快。一路上，擦肩而过的多为微型车。当右边的视野豁然开朗、可以看见大海时，风声也变了。海面倒映着昏暗的天空，阵阵海浪猛烈地翻腾，翻卷着白色的浪花。没有这些，天空与海面的分界线，抑或大海与陆地的分界线，也会显得难以辨清吧。浅川定定地看着眼前的景象，心情似乎也沉重起来。收音机里播放着台风的消息，四周变得更加昏暗。微型车在Y字路口右转后，一条山茶树林形成的隧道出现在眼前。车钻进这条隧道。或许是长年风吹雨打，致使泥土流失的缘故吧，山茶树干底下裸露着盘根错节的树根。在雨水的浸润下，它的表面变得光滑无比，浅川突然产生在巨大怪物的肠中飞驰的错觉。

“差木地就在前面不远处。”早津说，“不过我想，叫山村贞子的女人已经不在这儿了。详细情况就请你们当面问山村敬先生吧。听说山村先生是山村贞子母亲的堂弟。”

“这位山村贞子今年多大了？”浅川问道。龙司一直窝在后座，一句话也不说。

“这个嘛……我没有和她碰过面……如果她还活着，应该有四十二三岁吧！”

如果她还活着……为什么使用这种说法？浅川有些奇怪。难道她突然失踪了？好不容易才来到大岛，如果无法追查到线索，难道会无功而返？一股恐惧倏地掠过他的心头。

车子停在一栋挂有“山村庄”招牌的两层建筑前。这栋建筑位于一个平缓的斜坡上，从那儿可以看见一望无际的大海。天晴的话，可以饱览海边优美的景色。海面隐约可见三角形的岛影，那就是利岛。

“天气好的话，可以看到对面的新岛、式根岛，还有神津岛。”早津指着南边的海面，充满自豪地说。

## 8

“到底要调查那个女人的什么事？”一九六五年加入剧团？别开玩笑了！那不是二十五年前的事吗？吉野在心中咒骂。追查人一年前的行踪都很棘手了，更何况二十五年前的事！

“什么都可以，你知道的都行。我们想知道那个女人以前过着怎样的生活，现在又在干什么，她希望得到什么。”

吉野只有叹气。他夹着话筒，把桌边的纸拿过来。

“嗯……山村贞子当时的年龄有多大？”

“十八岁，从大岛高中一毕业就去了东京，直接进了‘飞翔剧团’。”

“大岛？”吉野停下笔，皱起眉头，“你在哪儿打电话给我？”

“我在伊豆大岛的差木地。”

“预定什么时候回来？”

“尽快吧。”

“你知道吗？台风就要来了。”

浅川在当地，不可能不知道。但是吉野觉得这种窘迫的状况像虚构的故事一样有趣。“死亡期限”就在后天晚上，当事人却可能被困在大岛出不来。

“海运和空运的状况怎么样？”浅川还不知道详细情况。

“还不是很清楚，不过看样子会……”

“停运？”

“希望不会。”

一直忙于调查山村贞子的事，浅川还没得到有关台风的确切消息。虽然他抵达大岛的栈桥时就有不祥的预感，可是亲耳听到“停运”这个词，还是感到危机步步逼近。他手握话筒，陷入沉默。

“喂，你不要担心，也不一定……”吉野故作轻松地说，转移了话题，“那么，那个女的……山村贞子十八岁前的经历，你查到了吗？”

“大体上……”浅川站在电话亭内，侧耳倾听外面的风声和浪涛声。

“有没有其他线索？总不会只查到了飞翔剧团吧？”

“山村贞子一九四七年出生于伊豆大岛的差木地，母亲志津子……啊，这个名字也请你记下来。山村志津子一九四七年二十二岁。她把刚生下来的贞子交给母亲带，自己跑到东京……”

“她为什么把婴儿留在岛上？”

“为了男人呀。请你也把这个名字记下来。伊熊平八郎，当时是T大学精神科的副教授，山村志津子的爱人……”

“这么说来，山村贞子是志津子和伊熊平八郎的孩子了？”

“我们还没有找到证据，不过应该是。”

“他们两个人没有结婚吧？”

“嗯，因为伊熊平八郎有老婆了。”

原来是外遇啊。吉野用舌头舔了舔铅笔尖。“我知道了，接下去呢？”

“一九五〇年，志津子回到阔别三年的故乡，和女儿贞子团聚，生活了一阵子。就在那一年接近年底时，志津子又走了，这次她连贞子也一起带走了。之后的五年，志津子和贞子母女俩住在哪儿、干了些什么，就不得而知了。不过，五十年代中期，志津子住在岛上的一个堂弟曾听说她成了名人，声名大噪。”

“发生什么事情了？”

“不知道。她堂弟只是听到一些志津子的传闻……我递出报社的名片后，他却说：‘这件事，你们应该比我家的人更清楚。’听他的口气，好像志津子和贞子在一九五〇年到一九五五年这五年当中，做了什么让媒体震惊的事。不过，这里毕竟只是一座小岛，外面的信息很难传进来……”

“你的意思是要我去查证？”

“嗯，你真聪明。”

“笨蛋，这种事一听就明白。”

“还有呢。一九五六年志津子带着贞子回到故乡，但她好像变成了陌生人，连堂弟问话也不回答，只是闷闷不乐地嘀咕一些别人听不懂的话，最后终于跳进三原山的火山口自杀了。当时她才三十一岁。”

“你要我把志津子自杀的原因也调查一下吗？”

“拜托你了。”浅川握着话筒，低头乞求。两人稀里糊涂地来到这种地方，他很后悔。差木地这种小村落，龙司一个人来调查就够了。自己留在东京等电话，然后和吉野分头调查，效率一定更高。

“我会尽最大努力的。你不觉得人手不够吗？”

“我会打电话给小栗总编，问他能不能调拨一些人手给我。”

“嗯，那你试试吧。”

说说还行，其实浅川一点自信都没有。小栗总编总是抱怨编辑人手不足，不可能把人员安排到这种事上。

“还有，志津子自杀后，她女儿贞子留在了差木地，由志津子的堂弟照顾。那个堂弟现在经营着一家农家旅馆……”浅川本想说自己和龙司正住在这家农家旅馆，但没有说出口。他觉得没必要。

“贞子在小学四年级时，曾预言三原山将在第二年爆发，从而成为学校的名人。你听好，一九五七年，如贞子所言，三原山爆发了。”

“真神。有这种女人，都不需要地震探测器啦。”

贞子预言成真的传闻迅速传遍整个岛，被三浦博士的信息网捕捉到。这些事应该没必要说吧。

“从那以后，岛上的居民经常请求贞子预言，可是她坚决不答应，好像根本就没有这种能力。”

“是谦虚吧？”

“不知道。高中毕业后，贞子迫不及待地去了东京。其间只寄过一张明信片给照顾过她的亲戚。明信片上说，她考上了飞翔剧团。从此以后便杳无音信，岛上没人知道她住在哪儿、在干什么。”

“想查找她之后的行踪，只能从‘飞翔剧团’入手了？”

“很遗憾……”

“我再确认一下。我要调查的是：山村志津子为何会引起媒体的震惊，她跳进火山口的原因，还有她女儿贞子十八岁进入剧团后，在哪儿做了什么。对吗？”

“是的。”

“该先调查母亲的事还是女儿的事？你不是没时间了吗？”

“请你先从女儿的事情查起吧。”和整件事关系最直接的，当然是山村贞子的后半生。

“我知道了。明天就去飞翔剧团跑一趟。”

浅川看看手表，才下午六点多，剧团的排练场应该没这么早关门。“吉野先生，别明天了，今晚就行动吧。”

吉野深深地叹了口气，轻轻摇了摇头。“喂，浅川，你也替我想想，我还有工作要做呢。今天晚上有一大堆稿子要赶出来，明天的话……”吉野停住了，再说下去就像在施恩于人，他一向刻意扮成很有男子汉气概的人。

“这些事就请你多费心了，你也知道我的死亡期限就在后天啊！”熟知业界内幕的浅川不好再说什么。

“唉，你总是这样……真拿你没办法，我知道了。尽可能今晚去吧，不过我不能打包票。”

“谢谢，我会记得你的大恩大德。”浅川低头致谢，打算挂电话。

“喂，等一下，我还有重要的事情没问。”

“什么事？”

“你看过的那盘录像带和山村贞子到底有什么关系？”

浅川深深吸了一口气。“就算我说了，你也不会相信。”

“行了，你就说说吧。”

“那些影像不是摄像机拍摄的。”浅川停了好一会儿，等着这句话的意思渗入吉野的大脑，“是由山村贞子的眼睛记录下来的影像和浮现在她脑海中的影像，毫无条理地、零散地组合而成的。”

“啊？”吉野顿时说不出话来。

“无法相信吧。”

“就像用意念复写这一类事？”

“还不是很贴切。她是通过意念把影像投射在显像管上，或许应该叫‘念照’吧！”

“念照”和“捏造”谐音，吉野感到很有意思，不禁笑了起来。浅川并没有生气，他对吉野的心情表示理解，默默地听着那爽朗的笑声。

晚上九点四十分，吉野乘坐丸之内线在四谷三段下了车。他从站台爬上楼梯时，一阵狂风差点把帽子吹跑，他双手压着帽子环视一下四周。标志性建筑消防署就在眼前的角落里，都不用费劲去找。沿着人行道走了不到一分钟，就到达了目的地。

“飞翔剧团”的招牌旁有一道通往地下的楼梯，从楼下传来一群年轻男女提高嗓音念台词或是唱歌的嘈杂声。公演临近，估计他们的排练会一直持续到末班地铁的时间吧。虽然不是文艺部的记者，这种事他还是知道的。此前，吉野一直追踪报道犯罪事件，来到这家顶尖剧团的排练场采访，他觉得有些别扭。

通往地下的楼梯是铁的，每踩一步都发出咚咚的响声。一旦剧团的老演员对山村贞子没有印象，所有的线索会就此中断，一个特异功能者的后半生也将埋没于尘土中。飞翔剧团创立于一九五七年，而山村贞子于一九六五年入团。创立初期的演员只剩下四个，包括剧团老板——作家兼演艺家内村。

吉野将名片递给一位站在排练场入口的二十岁左右的实习生，请他帮忙叫内村出来。

“老师，M 报社的人想见您。”实习生以演员特有的洪亮嗓音叫着坐在墙边看大家排演的内村。内村惊讶地回过头来。得知来者是报社的记者，他立刻笑容满面地走向吉野。任何剧团对媒体人员都非常尊重。只要能在报纸的文艺栏目中刊登一条消息，票房就有很大的提升。或许是来采访一周后就要公演的戏剧……此前，M 报社不怎么看重飞翔剧团，内村想趁此机会好好巴结一下对方。然而他知道吉野的真正意图后，立即失去了兴致，露出一副没空招待的嘴脸。

内村环视排练场一周，视线落在一个坐在椅子上的五十多岁的小个子男演员身上。“阿真！”居然在五十多岁的男人名字前加上“阿”字……比起这个，内村女人般尖细的嗓音，还有那纤细修长、有些比例失调的四肢，令肌肉发达的吉野感到恶心：站在这儿的像是一个与自己全然不同的异类。

“阿真，你不是第二幕之后才上场吗？你能否帮我把山村贞子的事情说给这位先生听？你还记得那个让人厌恶的女人吧？”

吉野在译制片中听过这个“阿真”的声音。有马真在配音界比在舞台上活跃多了，他也是“飞翔剧团”仅存的老成员之一。

“山村贞子？”有马真把手放在半秃的头上，搜寻着二十五年前的记忆。“那、那个山村贞子……”他有点阴阳怪气地大声嚷道。

“你想起来了？我正在排练，你把客人带到我二楼的房间去谈吧。”内村轻轻点了一下头，便向那群演员走去。回到原先的座位上，他脸上又恢复了那种不可一世的表情。

有马真打开写着“社长室”的房门，指着皮沙发邀请吉野入座。

“下这么大的雨，真是辛苦您了。”由于排练，有马真满头是汗，脸上也泛着红光，他的眼底浮现出一丝友善的笑意。刚才那个演艺家看上去是揣测对方的心思说话的人，有马真则像那种毫无隐瞒地回答对方的人。采访对象的性格不同，直接决定了采访会进行得顺利还是艰苦。

“真是不好意思，百忙之中……”吉野一边落座一边拿出笔记，右手握笔，摆出采访时的姿势。

“想不到还会听到山村贞子这个名字，那是很久以前的事了。”有马真想起自己的青春年代。当时离开商业剧团、与朋友创立新剧团的闯劲，让他缅怀不已。

“刚才有马先生想起她的名字时，曾说‘那个’山村贞子，请问‘那个’是什么意思？”

“那个孩子进入剧团是在……嗯……什么时候呢？大概是在剧团成立几年之后吧。那时正是剧团的鼎盛时期，想进入的人越来越多……山村贞子真是一个奇怪的女孩。”

“怎么个奇怪法？”

“这个嘛……”有马真用手支着下巴思索。他在想为何那个孩子会给自己留下奇怪的印象。

“她有特别明显的特征吗？”

“不，从外貌上看，是一个很普通的女孩子，只是个头稍微高一些，人也很老实……还有，她很孤僻。”

“孤僻？”

“是的。实习生的关系一般都很好，那个孩子却从不主动加入同伴当中。”

任何地方都会有这种人，不能因此断定山村贞子的性格与众不同。

“如果用一句话来形容你对她的印象呢？”

“一句话？大概可以说‘阴阳怪气’吧。”有马用了“阴阳怪气”这个词。刚才内村也用了“那个让人厌恶的女人”来形容山村贞子。一个青春年少的十八岁女孩，竟然被评价为“阴阳怪气”，这不能不让吉野同情起她来。

“你觉得她哪儿让人感到厌恶？”二十五年前，一个只在剧团待过一年的实习生，为什么给人留下这么深刻的印象呢？肯定发生过什么事，让有马真记忆犹新。

“对了，我想起来了，就是在这个房间里。”有马真环视社长室。似乎连当时摆设的物品都清楚地浮现在眼前。

“剧团刚成立时，排练场就在这儿，只不过要小多了。这间屋子当时是一个事务所。那边有个橱柜，这儿放着一块镶着毛玻璃的屏风……对，现在放电视的地方正好也放着一台电视。”有马指着那个地方。

“电视？”吉野倏地眯起眼睛，拿起笔。

“嗯，是一台老式的黑白电视。”

“然后呢？”吉野催促他说下去。

“那天排练结束，大部分演员都回去了。我有些台词老是背不下来，便想再看一次剧本，于是进了这个房间。喏，就是那儿……”有马指着入口处的房门说，“我站在那儿往屋里瞧，隔着毛玻璃看到电视画面在晃动。我心想，还有人在看电视啊。你听好，我绝对没有看错。虽然当时隔着毛玻璃，没有直接看到电视画面，但朦朦胧胧地看到有黑白光影在晃动，也没有声音……屋里有点暗，我绕过毛玻璃探头往里看，结果看见山村贞子坐在电视机前。不过当我站到她旁边时，画面上什么也没有。我以为她快速关掉了电源，一直没起疑心，可是……”有马欲言又止。

“请您继续说下去。”

“我一边对山村贞子说，‘不快点回去就没电车了’，一边打开桌上台灯的开关，可是灯没有亮。我仔细一看，没有插上电源。我蹲下来，想把插头插进插座，这才发现电视机的插头也没有插上。”当时，一阵恶寒霎时蹿过他的背脊，这一幕历历在目。

“明明没有插上电源，电视却开着……”吉野确认道。

“是的。当时我吓了一大跳，不由得抬起头看着山村贞子，心想这个孩子坐在一台没有插上电源的电视机前干什么？她没有看我，只是定定地看着电视，嘴角泛起浅浅的笑。”

可见有马对这件事的印象之深，连细节都记得一清二楚。

“这件事，你有没有对谁说过？”

“嗯，当然有。我对小内……就是你刚才看到的那个演艺家内村，还有重森先生……”

“重森先生？”

“他是这个剧团真正的创立者，剧团第二任老总。”

“哦？重森先生听到你的话，有什么反应？”

“当时重森正在打麻将，但是他好像对这件事特别感兴趣。他原本对女人很不屑的……但好像早就盯上了山村贞子，想把她据为己有。当天夜里，他借着酒意，胡诌待会儿要偷偷跑到山村贞子的公寓去。我们根本没有把他酒后的胡言当真。后来大家都回家了，只剩他留在那儿。至于那天晚上他是不是真去了山村贞子的公寓，最终也没有人知道。第二天，重森先生虽然来了排练场，却好像整个人都变了，一直沉默不语，只是脸色苍白地呆坐在椅子上，一动也不动，最后竟像睡着似的死了。”

吉野吃惊地抬起头。“那么，他的死因是……”

“心脏麻痹，也就是现在说的急性心肌功能不全。我猜是公演迫在眉睫，他太过拼命，以致劳累过度而死。”

“山村贞子和重森先生之间发生了什么事，最终也没人知道吧？”吉野谨慎地问道，有马真使劲地点了点头。原来如此，难怪有马对山村贞子印象深刻。

“后来她怎样了？”

“离开剧团了。她待在剧团大概也就一两年吧。”

“她离开之后怎样了？”

“这个嘛……我就不清楚了。”

“离开剧团之后，一般的人会怎样？”

“喜欢这一行的人会加入其他的剧团。”

“你觉得山村贞子会怎么做？”

“她非常聪明，演技也不错，不过性格方面存在缺陷。人与人之间的关系很重要，对吧？以她那种性格，恐怕会和别人合不来。”

“也就是说，她可能不再涉足戏剧界？”

“唔……这个我不敢确定。”

“没有人知道她之后的消息吗？”

“和她同期的实习生或许……”

“你知道同期实习生的名字和地址吗？”

“稍等一下。”

有马起身走向橱柜，从排列整齐的档案中抽出一册。那是实习生在参加入团考试时提交的履历表。

“包括山村贞子在内，一九六五年入团的实习生一共有八名。”有马哗啦哗啦地翻阅这八份履历表。

“可以给我看看吗？”

“请便。”

履历表上贴着两张照片，一张是免冠照，另一张是全身照。吉野抽出了山村贞子的履历表，他瞪大眼睛看着照片。

“你不是说，山村贞子是一个阴阳怪气的女人吗？”吉野的思绪陷入混乱。因为他根据有马的话想象的山村贞子，与眼前照片中的女人简直有天壤之别。

“阴阳怪气？别开玩笑了，我还没见过这么漂亮的面容呢。”吉野突然为自己不说“漂亮的女人”，却说“漂亮的面容”而感到困惑。这确实是一张几近完美的面容，却缺少女人的韵味。但是看她的全身照，那纤细的小蛮腰和脚踝又分明很有女人味。尽管她是如此美丽，可是经过二十五年光阴的流逝和侵蚀，她留给别人的印象竟然是“阴阳怪气”，甚至是“让人厌恶的女人”。就常理来说，她应该被形容成“美丽端庄的女人”。吉野不禁产生了强烈的好奇心。

## 9

### 10 月 17 日　星期三

吉野站在参拜道和青山路的交叉口，再度拿出笔记本。

南青山 6-1，杉山庄。这是二十五年前山村贞子住过的地方。门牌号与公寓名称有些不搭，吉野从中感受到一种绝望的情绪。顺着青山路转过弯，根津美术馆的旁边就是 6-1 号。可是正如吉野担心的，原本应该是杉山庄这处廉价公寓的地方，如今却矗立着一栋豪华壮观的红砖住宅楼。要追踪一个女人二十五年前的行踪，真是比登天还难。

剩下的线索只有与山村贞子同期入团的实习生了。与贞子同时入团的七个人当中，吉野费尽九牛二虎之力只查到四个人的地址。如果他们对山村贞子的行踪也一无所知，所有的线索就此中断。吉野不禁担心起来。看了看手表，已经过了上午十一点，他赶紧跑进附近的文具店，开始往伊豆大岛的通讯部发传真，想将目前查清的信息告诉浅川。

此时，浅川和龙司正在早津位于通讯部的住宅里。

“喂，浅川，你镇静一点！”望着焦躁不安地来回走动的浅川，龙司怒斥道，“急有什么用！”

“最大风速、中心附近的气压……百帕、东北偏北……暴风雨范围内……有大浪。”收音机里传来台风的消息，就像故意向浅川挑衅。

目前，二十一号台风位于御前崎的南海，距大岛约一百五十公里，正保持着四十米的风速，以每小时二十公里的速度朝东偏北方向行进，应该在今天傍晚抵达大岛南方的海面，海空运恐怕要等到明天——星期四——才能恢复正常。这是早津的猜测。

“星期四！”浅川心里炸了锅似的。我的死期是明天晚上十点！该死的台风，要么快点通过，要么就变成热带低气压，赶快消失！

“船和飞机到底什么时候才能恢复通行?！”浅川不知该将满腹的怒气往哪儿发泄。我真是不该来这种地方，真是后悔莫及啊！要追究该从哪儿开始后悔，恐怕是不应该看那盘录像带，也不应该对大石智子和岩田秀一的死亡产生疑问，抑或不应该在那个地方拦出租车。他妈的！

“喂，不是叫你镇定一点吗？你听不懂吗？你对早津先生抱怨有什么用？”龙司异常温和地握住浅川的手臂，“或许我们必须在这个岛上按咒语说的去执行，是吧？有这种可能性。那四个小鬼头为什么没有照着咒语去做？因为他们可能没钱来这大岛。你就把这台风看成上天的恩赐吧。这样心情就能平静了。”

“那要等到发现咒语才能知道吧?！”浅川推开龙司的手。

看着这两个老大不小的男人争吵，早津和妻子富子面面相觑。浅川却觉得他们俩是在嘲笑自己。

“有什么好笑的？”浅川想上前去质问他们俩。龙司赶紧用力拉住他的手。“坐下，你这样慌乱也于事无补。”

“调查工作有进展吗？”为了使浅川的情绪稳定下来，早津沉稳地问道。

“嗯，还好。”

“山村志津子有一个青梅竹马的朋友就住在附近，要不要找他来问一问？由于台风，没法出海捕鱼，源先生肯定感到无聊，他一定会很高兴。”如果给他找一个采访对象，他就不会这么心急火燎了。“他是个年近七旬的老大爷，我不知道能否问出满意的答案，不过总比干等好得多吧。”

不等浅川答话，早津就回头吩咐厨房里的妻子：“喂，帮我打个电话给源先生，请他过来一趟。”

正如早津所说，源次眉飞色舞地聊了起来。他非常乐意谈论山村志津子的事情。源次比志津子大三岁，今年六十八岁，是志津子从小的朋友，也是她的初恋情人。对源次而言，谈论志津子如同在诉说青春时代。

源次漫无边际地谈论他与志津子的逸事，时而眼里噙泪，让浅川和龙司知道了她的另一面。但是他们知道不能把他的话都当真，因为回忆往往会美化某些事物，更何况这是四十多年前的往事。

源次的口才不能说好，又喜欢拐弯抹角，浅川不禁厌烦起来。可是，源次娓娓道出："志津子的改变大概是因为那件事吧。有一次，她从海里捞起了一个修行者的石像……在一个月圆之夜……"这番话顿时勾起了浅川和龙司的兴趣。据源次说，山村贞子的母亲志津子拥有神奇的力量，与这个月圆之夜的事有很大的关系。当晚，源次好像就在她身边划船。那是一九四六年夏末某个夜里的事，当时志津子二十一岁，源次二十四岁。

当时秋老虎还在肆虐，到了晚上也凉快不下来。炎热的夜里，源次坐在走廊上不停地摇着蒲扇，在月光下静静观赏风平浪静的海面上映照出的夜空。一阵脚步声打破了四周的寂静，志津子跑上他家前面的坡道，说道："阿源，我们去钓鱼，快把船划出来。"她没说理由，拉扯着源次的袖子。源次问她，她只是说："这样的月夜不会再有了！"源次愣愣地望着这个大岛上最漂亮的女孩子。"别像个傻瓜似的，快点！"说着，志津子拉住源次的衣领，强逼他站起来。向来对志津子言听计从的源次却反问道：“你说钓鱼……到底要钓什么？”志津子望着海面，若无其事地说：“修行者的石像。”

“修行者的……”

志津子横眉怒目、充满惋惜地告诉他，那天中午前后，驻地美军士兵把修行者的石像扔进了海里。

东边海岸中部的海滩上，有一个叫行者窟的小洞穴，里面安放着一尊公元六九九年漂流到此地、名叫役小角的修行者石像。据说役小角天生聪慧，修行后学会了咒术、仙术，可以操控鬼神。役小角展现的预知能力让那些掌握文武大权的当权者大为惊恐，遂以蛊惑世人的罪名将他流放到伊豆大岛。这是约一千三百年前发生的事。役小角躲在海边的洞窟里潜心修行，教授岛上居民农业和渔业技术，受到人们的尊敬。后来他被赦免，又回到日本本土开设道场。他在大岛只住了三年，传说他后来穿着铁鞋飞上了富士山。岛上的居民非常景仰他，行者窟成为岛内最受重视的灵场，每年六月十五日还会举办“行者祭”的祭祀活动。

但是，太平洋战争结束后不久，美军把供奉于行者窟内的役小角石像扔进了大海。这没有逃过志津子的眼睛。对役小角顶礼膜拜的志津子躲在蚯蚓鼻（大岛地名）岩石背后的暗处，将石像坠海的位置牢牢刻在了脑中。

听说志津子要钓的竟是修行者的石像，源次简直怀疑自己听错了。虽然他确实会钓鱼，却没钓过石像。可他不忍心拒绝暗恋着的志津子的请求，一门心思讨好她。于是在那个夜晚，他划船出海。不管怎样，在美丽的月夜与志津子出海是非常美妙的事情。

他们在修行者海滩和蚯蚓鼻两处点起火堆作为记号，然后朝着海面一点点进发。两人对这一带海域的情况都很熟悉。可是夜里，即使月光如此皎洁，潜入海水里仍然无法视物。源次不知道志津子打算怎么寻找石像。他一面划桨，一面问她。可志津子没有回答，只是看着海边的火光确认位置。划出数百米后，志津子大叫：“停一下！”

她靠近船尾，脸贴近水面，往漆黑的海里探视，然后命令源次：“把脸转过去。”源次知道志津子想做什么，心怦怦直跳。志津子站起来脱掉白点花纹的衣服。衣服滑过肌肤的声音刺激着源次，他感到一阵窒息。接着，背后响起志津子跳入水里的声音。浪花溅在他的肩上，他倏地回头一看，只见志津子用手巾把长长的黑发束起来，嘴里衔着根细绳，脸露在海面上游动着。之后她深吸两口气，潜入海底。

她从水里露过几次面、换过几次气。最后一次露出脸时，她嘴里的绳子不见了，哆嗦着说：“我已经把修行者绑好了。快，把它拉上来！”

源次移向船头，拉起绳索。志津子不知何时上了船，穿上衣服蹲到旁边，帮着他拉石像。两人把拉上来的石像放在船中央，回到岸边。他们都没有说话。因为当时的气氛让人觉得不能问任何问题。为什么她能在漆黑的大海里找到石像？源次感到不可思议。三天后，源次问起志津子，她说修行者的石像在海底呼唤她，能够操控鬼神的石像，那对绿色的眼睛在漆黑的海底闪闪发光……

此后，志津子的身体开始变得异常。以前她从不头痛，可是此后常常感到阵阵针刺般的头痛，一些从未见过的情景快速地展现在脑海中，而且总能在不久后成为现实。源次详细追问后知道，每当未来的情景闪过她脑海时，会有一股橘香扑鼻而来。志津子甚至预知了源次嫁到小田原家的姐姐死亡的景象。但她好像不能有意地预知未来。没有任何先兆，仅凭突然闪现在脑海里的某个场景是无法断言什么的，所以志津子从不接受他人的请求为人预言未来。

第二年，志津子不顾源次的劝阻去了东京，认识了伊熊平八郎，并怀了他的孩子。那一年年底，志津子回到故乡生下一个女孩，就是山村贞子。

源次一聊起来就没完没了。按他的意思，十年后山村志津子跳进三原山火山口，绝对是因为她的恋人伊熊平八郎。但对浅川他们而言，唯一的收获是，山村贞子的母亲志津子也具有预知能力，而给予她这种能力的很可能是那尊役小角石像。

这时，传真机运转起来。打印出来的是一张放大的山村贞子的免冠照，这是吉野在“飞翔剧团”弄到的。

浅川异常激动。这是他第一次看到山村贞子的容貌。尽管很短暂，但他毕竟和这个女人有过共同的感受，以相同的视角眺望过景象，就像在一张阴暗的床上，和一个看不清面容的女孩子做爱，并且同时达到高潮。微弱的阳光照射进来，这个女孩的容貌终于得见天日……虽然传真机传送过来的照片有些模糊，但山村贞子美丽端庄的面容、迷人的魅力还是毫无保留地展现了出来。

“真是个大美女啊。”龙司说。浅川则突然想起高野舞。单就脸孔来说，山村贞子要比高野舞美得多。但是，高野舞散发着女人特有的柔媚气息，山村贞子显现的却是一种“令人厌恶”的感觉。一定是山村贞子拥有的异能对周围的人造成了影响。但照片并没有散发出这种感觉。

第二张传真是山村贞子的母亲志津子的消息，刚好接上刚才源次说的故事。

山村志津子一九四七年离开故乡差木地来到东京。有一天她突发头痛倒地不起，被送到医院。在该院医生的介绍下，她认识了T大学精神科副教授伊熊平八郎。伊熊平八郎致力于用科学方法解释催眠现象。他发现志津子具有惊人的透视能力，产生莫大的兴趣。后来他竟然改变原来的研究课题。之后，伊熊平八郎将志津子当成实验对象，埋头研究特异功能。两人超越了单纯的研究者与被研究者的关系，尽管伊熊已有妻室，他依然对志津子产生了爱慕之情。同年年底，志津子怀上伊熊的骨肉，为了避开世人，她回到伊豆大岛差木地，在那里生下山村贞子。后来志津子把女儿留在差木地，很快又回到东京。三年后，她为了把女儿带到东京又回到差木地。

此后，直到跳进三原山的火山口自杀为止，她好像始终将女儿带在身边，寸步不离。

一九五〇年，伊熊平八郎和山村志津子这对搭档在周刊杂志和报纸上引起轩然大波。他对特异功能的科学解释引起世人的关注。或许是受伊熊平八郎T大学副教授的身份迷惑，人们一开始对志津子的特异功能深信不疑，媒体也多以善意的笔调报道。不过批判的势力也根深蒂固，在一群权威学者发表“可疑”的评论之后，舆论便开始转向对志津子和伊熊平八郎不利的局面。

志津子的特异功能主要表现在意念复写、透视、预知等所谓的“超感官知觉”方面，她从未发挥过意念移物的特异功能。据某家杂志社报道，志津子只要把额头抵在一本密封的相簿上，就可以用意念将指定的图案复写出来，还可以百发百中地读出密封信封中的内容。另外一些杂志却宣称志津子只不过是个骗子，稍微经过训练的魔术师都可以轻而易举地做到这些。就这样，志津子和伊熊平八郎掀起的狂热风潮逐渐冷却下来。

以此为转折点，志津子开始连连遭遇不幸。一九五四年，志津子生下第二个孩子，是个男孩，出世四个月就病死了。当时年仅七岁的贞子对刚出生的弟弟似乎倾注了特别的关爱。

翌年，伊熊平八郎向媒体挑衅，要在公众场合让大家见识志津子的特异功能。志津子起初很反对，表示在众目睽睽之下无法集中精神，恐怕会失败。可伊熊平八郎并不退让。他已无法忍受被媒体称为骗子，认为唯有拿出明证才能堵住众人的嘴巴。

当天，在近百名记者和学者的监视下，志津子别别扭扭地走上实验台。儿子死后，她曾崩溃过，精神状态一直不好。这个实验以极其简单的方式进行，只要说出铅制容器中两个骰子的点数就可以。可是志津子“感知”到围在身边的百余人都希望看到她失败。最后，志津子全身哆嗦着趴在地板上，悲痛地大叫：“我不要再做这种事情了！”她说，人都多少具有发挥意念的能力，她这种能力只不过比一般人强而已。如今置身上百人都希望她失败的意念当中，她的能力受到阻碍，无法发挥。伊熊平八郎接口道：“不……不止百人。现在所有的日本国民都想践踏我的研究成果。一旦受到煽动，舆论开始向另一个方向发展，媒体就只会讲一些多数国民想听的话。你们知不知耻啊！”结果，透视能力的公开实验便在伊熊平八郎对媒体的批判声中落幕了。

媒体认为，伊熊平八郎的怒吼其实是借口，他想把实验失败的原因嫁祸于媒体。于是，第二天报纸上赫然刊登着：“果然是骗子……假面具被撕下……大骗子T大副教授……长达五年的争论终于画上休止符……现代科学的胜利！”没有一篇报道支持志津子和伊熊平八郎。

那一年年底，伊熊平八郎和妻子离婚，辞职离开T大。

从那时起，志津子的被害妄想症更加严重。此后，伊熊平八郎也想拥有特异功能，便遁入山林，在瀑布下冲水修炼。然而他修炼过度，患上肺结核，最终住进南箱根的疗养院。志津子的精神状态也越来越差。当时八岁的山村贞子为了避开媒体和世人的嘲讽，说服志津子回到故乡差木地。谁知一不留神，母亲竟然跳进三原山的火山口。就这样，三人的生活脆弱地分崩离析。

浅川和龙司同时看完这两张传真纸。

“这是怨念啊。”龙司喃喃道。

“怨念？”

“嗯。你想想，母亲跳进三原山时，女儿贞子会怎么想？”

“非常痛恨媒体吧？”

“不只是媒体。她对那些最初一味奉承，后来形势一变，转而开始嘲笑他们，弄得她家破人亡的大众也恨之入骨。山村贞子从三岁到十岁一直跟在父母身边吧，她对这种风气一定有切身的体会。”

“所以她才发动了这次没有特定对象的攻击？”意识到自己也是媒体的一员，浅川在心里辩解，不，是恳求：我也和你一样，对媒体的体制持批判态度。

“你在嘀咕什么？”

“嗯？”浅川没有注意到不知不觉中竟然发出了声音，念经似的喃喃自语。

“这么一来，我们就可以大致解释那盘录像带的影像了。三原山是山村贞子母亲自杀的场所，那是贞子预感到将喷发的火山，因此她对那儿施加了强烈的意念。下一个画面是朦朦胧胧出现的‘山’字，大概是山村贞子小时候第一次用意念复写成功的字。”

“小时候？”为什么非得是小时候？

“嗯，可能是四岁或五岁吧。接下来那个骰子的画面，是贞子在母亲接受公开实验的现场，提心吊胆地盯着试图猜出骰子数目的母亲。”

“哎？等一下，可是山村贞子看清了骰子的数目啊！”浅川和龙司都用“自己的眼睛”看过那个画面，绝对错不了。

“那又怎么了？”

“她母亲志津子不是没能透视出来吗？”

“母亲不行，女儿可以做到，这有什么好稀奇的？你听着，虽然贞子当时才七岁，可是已拥有比母亲高得多的能力，她可以把百余人的意念形成的力量不当一回事。你想想看，她能把影像送进电视！电视放映影像与光线投射到底片上的原理完全不同。它要扫描五百二十五条扫描线。贞子竟然可以做到，能力真是惊人！”

浅川仍旧无法释然。“如果她有这么惊人的力量，那么在三浦博士寄来的意念复写底片上，她岂不是可以复写出难度更大的图案？”

“你真笨！她母亲志津子因为拥有特异功能声名大噪，后来却因此过着痛苦无比的生活，做女儿的总不会想重蹈覆辙吧。志津子也一定告诫过她，要隐藏能力，过平凡的生活。因此贞子极力地压制能力，把它调整到极其普通的意念复写水平。”

山村贞子曾在剧团的演员回去后，独自留在排练场，对着当时还很贵重的电视测试一下自己的能力。她非常小心，绝不想让别人知道。

“接下来画面中出现的老太婆是谁？”浅川问道。

“这就不得而知了。那个老太婆会不会是在贞子梦里或者哪儿出现过，悄悄告诉她一些具有预言意味的事情？那个老太婆说的是很古老的方言。你也注意到了吧？这座岛上的语言基本是普通话。那个老太婆的年纪相当大，没准是出生在镰仓时代，或者和役小角有某些关系。”

汝来年就要生崽了——你明年就要生小孩了。

“那个预言，是真的吗？”

“紧接着不是有一段男婴的画面吗？我最初以为是贞子生下了一个男孩，可是从这份传真来看，好像推断错了。”

“那是她出生四个月就死了的弟弟？”

“对，我想应该是。”

“那个预言又该怎么解释？怎么看都觉得那个老太婆是对着山村贞子叫‘汝’啊！难道贞子也生了孩子？”

“不知道。我相信老太婆的话，贞子大概也生了。”

“谁的孩子？”

“我怎么会知道？喂，你别以为我什么都知道，我说的只不过都是推测。”

如果山村贞子有孩子，是谁的孩子？那孩子现在又在哪儿呢？

龙司突然站起来，膝盖狠狠撞了一下桌子底。“难怪我觉得肚子饿，都过了中午了。喂，浅川，我们去吃饭吧。”

说完，龙司用手揉着膝盖，独自飞快地向玄关走去。浅川一点食欲都没有，可是他惦记着一件事：出现在录像带末尾的那个男人是谁？或许是贞子的父亲伊熊平八郎，可是山村贞子看他的眼神饱含敌意。浅川在荧屏上看到那个男人的脸庞时，身体深处感到一阵沉缓的疼痛，还萌生出强烈的厌恶。不管怎么看，山村贞子都不像是在看至亲。吉野的调查报告中也没有任何贞子和父亲对立的记录，相反，倒让人觉得她是一个很爱父母的女儿。浅川觉得要查出这个男人的身份似乎很难。经过将近三十年，这个男人的相貌应该变了不少吧。尽管如此，为了保险起见，该不该叫吉野找一下伊熊平八郎的照片？龙司又是怎么想的？浅川想和龙司商谈这些事，便跟着追了出去。

屋外的风呼呼地吹着。浅川和龙司都没撑伞，弓着背跑进元町港前的快餐店。

“喝啤酒吗？”龙司不等浅川回答，就对着服务生大叫：“两瓶啤酒！”

“龙司，我们接着谈刚才的事情。照你看来，那盘录像带到底是什么？”

“我不知道。”龙司忙着吃烤肉套餐，心不在焉地回答，头都没抬一下。浅川叉起香肠，将啤酒送到嘴边。从窗户可以看到对面的栈桥。东海汽船的售票处一个人影也没有，四周一片静寂。被困在岛上的旅客也一定透过旅馆或农家旅社的窗户，不无忧虑地眺望着阴沉的天空和海洋。

龙司抬起头。“你一定听说过人在死亡的那一瞬间，脑海里会有什么一闪而逝吧？”

浅川将视线由窗外移回，正视着龙司。“嗯，记忆中印象最深刻的场景会像倒带似的重现……”他曾在书上看过某个作家的亲身体验。那个作家有一次在山路上开车，方向盘操控失误，连人带车坠落到深深的谷底。车子从道路上飞出去、悬浮在半空中的那一瞬间，作家意识到：啊，自己要这样死了。一生中经历过的种种场面便唰唰地在脑海中掠过，连一些细节都一清二楚。后来，作家奇迹般地捡回一条命，当时的体验却深刻地印在了记忆中。

“难道你是说，那盘录像带就是这种东西？”浅川问。

龙司朝服务生举起手，又要了一瓶啤酒。“我啊，只是联想到这件事了。录像带里的一幕幕画面，都是山村贞子在意念或思绪发挥强大作用的那一瞬间捕捉到的，是她一生中印象最深刻的画面。”

“原来如此。这么说来……”山村贞子已不在人世了？于是，在她死亡的那一瞬间，脑海里交错飞逝的各种画面便以这种形式留在了世上？

“是的，这种可能性很大。”

“她是怎么死的？还有一个问题，录像带末尾出现的那个男人和山村贞子的关系是……”

“不要什么事情都问我嘛，我也有一大堆事弄不明白。”

浅川很不服气。龙司继续说：“喂，你也稍稍动动脑子！不要被大家宠坏了。如果我发生了什么事，剩下你一个人去解开谜底，你怎么办？”

这估计是不可能的。浅川死了，剩下龙司去解开谜底倒有可能。

一回到通讯部，早津就对他们说：“有一位吉野先生打过电话，他说自己在外面，十分钟后再打过来。”

浅川坐在电话前，祈祷吉野有好消息。不久，铃声响起来。

“我刚才打了好几次电话……”吉野的语气夹带着些许责备。

“对不起，我们出去吃饭了。”

“收到传真了吗？”吉野的语气稍稍变了，话里已没有责备，透出一丝体贴。浅川预感到有些不妙。

“嗯，谢谢你给我们提供了那么多线索。”浅川把话筒从左手换到右手，鼓足勇气问，“现在怎样了？查到山村贞子后来的行踪了吗？”

隔了好一会儿，吉野才回答：“没有，线索断了。”

浅川差点哭出来，整张脸都扭曲了。龙司一屁股坐在榻榻米上，两条腿叉开伸向前，饶有兴味地观察着浅川由期待变成绝望的表情。

“你说‘线索断了’是怎么回事?！”浅川激动地问。

“和山村贞子同期进入剧团的实习生，我联络到了四个人。我打电话问过，可是没人知道山村贞子后来的事情。他们……已经是五十多岁的老头了。四个人的说法完全一致：剧团老板重森先生死后不久，山村贞子便失踪了。此外，我再没查出与她有关的信息。”

“就这样完了？”

“别这么说……”

“我明天晚上就要死了！不只是我，我老婆和女儿在星期天早上十一点也会死。”

“喂，你竟然把我给忘了，真讨厌。”龙司在后面插嘴道。

浅川不理会他，继续说下去：“应该还有其他的办法吧？除了那些实习生，或许还有人知道山村贞子的消息吧？喂，这件事关系到我们一家人的性命啊！”

“也未必会这样。”

“哎？”

“我是说，也许期限过了，你依然活着。”

“你还是不相信这件事吗？”浅川只觉得眼前一片漆黑。

“你要我百分之百相信，才是强人所难呢。”

“吉野先生，你听着！我当然对此也是半信半疑。什么咒语之类的听上去很愚蠢。可是你听着，假设这件事为真的概率有六分之一，你能把装了一发子弹的左轮手枪抵住太阳穴，然后扣下扳机吗？你会把家人卷进这么危险的俄罗斯轮盘赌局中吗？做不到吧！我想你肯定会把枪口朝下，甚至还想把枪扔进大海里去吧？”浅川一口气说了一大段话。

这时，他身后突然传来龙司的叫声：“我们真是傻瓜！傻瓜……”

“吵死了！安静一点！”浅川用手捂住话筒，回头呵斥龙司。

“怎么回事？”吉野压低声音问道。

“没什么。吉野先生，求求你，我现在能依靠的……”浅川话还没说完，就被龙司一把拉住胳膊。他怒气冲冲地转过头来，却意外地看见龙司一脸认真。

“我们都是大傻瓜，都失去了冷静。”龙司低声说道。

“你等一下。”浅川放低了话筒问龙司：“怎么了？”

“我们怎么没有注意到这么简单的事情？根本没有必要按照年代去追踪山村贞子的行踪。难道不可以倒过来吗？为什么不能是B-4号房？为什么不能是别墅小木屋？为什么不能是南箱根太平洋乐园？”

浅川一脸惊愕，突然想起一件事，于是调整一下情绪，重新拿起话筒。“吉野先生。请你先把剧团这条线索放一下，现在有更重要的事情请你去查一查。南箱根太平洋乐园的事情，和你说过了吧？”

“嗯，我在听。那是一家休闲俱乐部吧？”

“是的。在我的记忆中，确实是十年前建的高尔夫球场，然后再建的配套设施。我想现在的设施很完备了……你需要调查的是，在南箱根太平洋乐园建起前，那边发生过什么事。”

话筒里传来吉野奋笔疾书的声音。“你说能有什么事？那只不过是一片高原呀！”

“有可能。不过，也可能不是。”

龙司又拉了拉浅川的袖子，对他说道：“还有配置图。在太平洋乐园建起前，如果那块土地上还有其他建筑物……你告诉接电话的人，让他把那些建筑物的配置图弄到手。”

## *10*

### 10月18日　星期四

风势更猛了，晴朗的天空里几朵白云低低地飘浮着。二十一号台风于昨天傍晚掠过房总半岛，消失在东北方的海面。重现的蔚蓝大海刺得人眼睛疼。与秋高气爽的天气相反，浅川站在甲板上眺望着滚滚波浪，心情却像面临死刑的死囚一样沉重。把视线抬高，可以看到伊豆高原的轮廓缓缓延伸在半空中。他终于迎来了“死亡期限”。现在是上午十点，再过十二个小时，那一时刻就要来临。一个星期真漫长啊……浅川切切实实地觉得。普通人一辈子都无法经历的恐怖，仅仅一周之内他都体验过了。

目前仅存的线索是他手里的三张传真，那是吉野昨天花了半天调查出来的。建南箱根太平洋乐园之前，那块土地上还有少许建筑。当时那是一栋相当奢华的建筑：一处结核病疗养院。

结核病，现在已没什么人恐惧它，但看过早期小说的人都知道，如果说托马斯·曼写《魔山》的契机来源于结核菌，那让梶井基次郎吟诵颓废情诗的也是结核菌。一九四四年发现的青霉素和一九五〇年发现的痨得治，从结核那儿夺去了它的文学芳香，使其退居成一种普通的传染病。日本的大正到昭和年间，因这种病死亡的人每年超过二十万，不过这个数字在战后急剧下降。尽管如此，结核菌却并没有完全灭绝，现在每年因感染这种病菌而死亡的仍高达五千人。

在结核病肆虐的时代，治疗这种病需要清新的空气和幽静的环境。因此，结核病疗养院全都建在高原等地方。随着医学的进步，患者逐渐减少，疗养院的功能也随之发生改变，如果不兼设内科、肠胃科、外科等，根本无法经营下去。二十世纪六十年代中期，位于南箱根的疗养院也面临这种变革，但它的变革极其困难。它位于交通极其不便的地方，结核病患者一旦住进来就很难出院。若要改造成综合医院，这会成为致命伤。因此，南箱根疗养院于一九七二年关闭。

正在为建设高尔夫球场及休闲设施物色地皮的太平洋休闲中心盯上了那块地。一九七五年，太平洋休闲中心买下包括南箱根疗养院在内的高原地带，着手兴建高尔夫球场，之后又陆陆续续盖了许多别墅、酒店、游泳池、健身房、网球场等休闲设施。别墅小木屋在半年前的四月份落成。

“那是个什么样的地方？”原本在甲板上的龙司，不知什么时候坐到浅川旁边的位子上。

“啊？”

“南箱根太平洋俱乐部啊。”

“那儿的夜景很美。”那儿鲜有生命活力的氛围，以及橘色灯光下砰砰作响的网球又在浅川脑海中复苏。那种氛围从何而来？自有疗养院以来，那儿到底死了多少人？浅川的脑海里浮现出沼津和三岛那一望无际的美丽夜景。

浅川将第一张传真纸放到最下面，把第二张和第三张摊开在膝盖上。第二张上有疗养院的简单配置图，第三张则是疗养院现在的模样，是南箱根太平洋乐园服务中心和餐厅所在的那栋华丽的三层建筑。他不断对比那两张传真纸。两张图显示了近三十年岁月的流逝，不以顺着山势蜿蜒的道路为基准，就弄不明白哪儿和哪儿是同一个地方。浅川凭着脑海里的印象，试图从第二张传真纸的地图上找出别墅小木屋以前是什么建筑。无论怎么比对，别墅小木屋那儿以前也是什么都没有，只有山坡上那片郁郁葱葱的树林。

浅川又看第一张传真纸。除了记载着由南箱根疗养院变迁为南箱根太平洋乐园的过程，上面还记载了一条重要信息——长尾城太郎，五十七岁，是一位曾在热海市经营一家内科兼小儿科医院的医生。一九六二年至一九六七年五年间，长尾在南箱根疗养院担任医生。那时候他是一个刚刚结束实习的年轻人。曾任职于南箱根疗养院的医生当中，目前还活着的只有隐居在长崎女儿家中的田中洋三和长尾城太郎两人。想打听南箱根疗养院的信息，只能找长尾医生。田中洋三已年近八旬，又住在长崎，浅川根本没有时间去拜访他。

当初浅川死乞白赖地请求吉野，要他找出健在的证人，吉野克制着内心的怒火，好不容易查出长尾医生的名字。他传过来的不仅有名字和地址，还附上了长尾医生有趣的经历。一九六二年至一九六七年的五年间，长尾在疗养院里并不是一直担任全日无休的医生角色。他还曾经从医生变成患者，住了两个星期的隔离病房。一九六六年夏天，前往山间的隔离区探访病人时，他不慎从病人那儿感染了天花。幸好几年前他曾接种过牛痘，病情不至于太严重，出疹并不多，也没有二度发烧，后来治好了。但为了预防传染，他只好接受隔离治疗。有趣的是，长尾的名字由此记录在了医学资料上，因为他是日本最后一名天花患者。天花这个病名对浅川和龙司这代人来说，是早已销声匿迹的词语。

“龙司，你感染过天花吗？”浅川问。

“别傻了，我怎么可能感染上天花？那种病早就绝迹了。”

“绝迹？”

“嗯，因人类的智慧而绝迹。这个世界上已经没有‘天花’存在了。”

龙司说得没错，在世界卫生组织利用疫苗彻底清扫后，天花病毒已于一九七五年从地球上销声匿迹。世界上最后一名天花患者的姓名自然也被记录下来。那是一位一九七七年十月二十六日在非洲索马里发病的青年。

“病毒绝迹？喂，真有这种可能吗？”尽管浅川不懂什么病毒知识，但在他印象中，这种东西无论怎样灭杀，仍会改变形态，顽强地存活下去。

“病毒是在生命和非生命的分界线上游移的东西。也有观点认为，追根溯源，病毒是人类细胞内的遗传因子。不知道它在什么地方如何产生的，只知道它确实和生命的诞生及进化有密切的关联。”龙司松开交叉在脑后的双手，伸了个大大的懒腰，双眼闪闪发光，“浅川，你不觉得很有意思吗？细胞中的遗传因子跑出来变成另一种生物。从根源上说，所有相反的东西都可能是相同的。像光和暗，混沌未明时，两者相安无事。神和恶魔也是。人们把堕落的神称为恶魔，其实二者是相同的。男人和女人也是如此。人原本是雌雄同体，就像蚯蚓和蛞蝓一样，同时拥有女性和男性的性器官。你不觉得这才是最完美的力与美的象征吗？”龙司说着笑了。“嘿嘿嘿，连性交也省了，多好啊。”

有什么好笑的？浅川盯着他的脸。同时具有雌性和雄性性器官的生物，不可能最完美。

“还有已经绝迹的病毒吗？”

“这个嘛……如果你这么感兴趣，回东京好好查一查。”

“回得去的话……”

“嘿嘿！你不用担心，我们一定回得去。”

这时，浅川和龙司乘坐的高速快艇正好处于大岛和伊东的中间地带。虽然坐飞机能更快地抵达东京，但两人为了拜访住在热海的长尾城太郎，便特意搭船回去。

前方隐约可见热海后乐园的游览车。两人于十点五十准时抵达热海。一下舷梯，浅川就向停着租赁车的停车场奔去。

“喂，别这么急嘛。”龙司慢吞吞地跟在后面。长尾的医院就在伊东线来宫车站附近。浅川焦急地等龙司上了车，便向坡道和单行道很多的热海市区飞驰而去。

“喂，在幕后操纵这起事件的，没准是个恶魔呢。”一坐上车，龙司便一本正经地说。浅川忙着看道路标志，没时间回答他。龙司继续说道：“恶魔啊，总是以不同的姿态出现在世上。你知道十四世纪后半叶席卷全欧洲的瘟疫吗？近一半人口死了，你能相信吗？死一半，相当于日本的人口减到六千万。那时的艺术家把瘟疫比作恶魔。现在也是如此吧？人们不是把艾滋病称为现代的恶魔吗？可是，恶魔绝不会将人类赶尽杀绝。因为一旦没有人类，它们也无法生存下去。至于病毒嘛……如果病毒的宿主——细胞消亡了，它们很快也会活不了。不过，人类是否真将天花病毒灭绝了？”

现代人已难以想象，曾经肆虐全球、死亡率很高的天花病毒是如何令人胆战心惊。得了这种病相当痛苦，因此在日本产生不少相关的信仰和迷信。以前人们坚信引发这种疾病的是一位叫天花神的瘟神，或许称其为恶魔更确切些。但人类果真能把恶魔赶尽杀绝吗？

## 11

车子刚驶进来宫车站前的小巷子，他们就看见一栋小平房，玄关处挂着一块“长尾医院·内科·儿科”的招牌。浅川和龙司在门前停留片刻。如果从长尾这儿打听不到任何信息，此时就是终结。他们没有时间再去寻找新的线索。

浅川看了下手表，十一点半，离“死亡期限”还有十个小时多一点。他推门的手却有些迟疑。

“你在干什么啊？快进去呀！”龙司推了推浅川的背。他并不是不知道浅川在害怕：最后一线希望被切断，就将失去生存的机会。他只好走上前把门打开。

狭窄的候诊室里靠墙放着一张三人长椅。很幸运，这时没有病人。龙司弯下腰，透过咨询台的小窗对一个肥胖的中年护士说：“对不起，我们想见医生。”

护士埋头看着手里的杂志，头也不抬，慢悠悠地问："看病吗？"

"不是。我们有事想请教医生。"

护士合上杂志，抬起头戴上眼镜。"请问有什么事？"

"不是说了吗？我们有事请教医生。"浅川焦急地从龙司背后探出头，"医生在吗？"

护士用两只手压住镜框，来回看着这两个男人。"请告诉我，你们找医生有什么事？"

她有些盛气凌人。龙司和浅川暂且直起腰。

"有这种护士坐在前台，难怪没有病人来挂号。"龙司故意大声挖苦道。

"你说什么？"

惹恼对方就麻烦了！浅川正要低头道歉，诊疗室的门却突然开了，穿着白衣的长尾走了出来。

"怎么了？"虽然长尾的头顶全秃了，但看上去比实际年龄要显得年轻。他一脸不悦地皱起眉头，望着站在玄关的这两个男人。

浅川和龙司同时把头转过去。看到长尾的那一瞬间，两人同时"啊"了一声。

长尾知道有关山村贞子的事。这绝不是开玩笑，而是一目了然。一阵电流穿过两人的大脑，录像带中深深烙印在脑海里的那最后一幕迅速复苏：一个喘着粗气的男人，那张满是汗水的脸近在眼前。他双眼充血，裸露的肩头上赫然裂着一条伤口，从中流出来的血落在那双"眼睛"上，模糊了视线……那正是长尾的脸。虽然他已经上了年纪，但绝对没错。

浅川和龙司对望了一眼。龙司指着长尾放声大笑。“哈哈哈，这么一来游戏就更有趣了。哎呀，真没想到啊，竟然会在这种地方见到您……”

面对这两个陌生男人的古怪反应，长尾十分反感，他高声问道：“你们是什么人？”

龙司毫不理会，大摇大摆地走近长尾，一把揪住他的胸口。长尾比龙司大约高出十厘米，可龙司却用惊人的腕力把长尾的耳朵拉到自己嘴边，用迥异于腕力的温柔声音缓缓质问道：“大约三十年前，你在南箱根疗养院对山村贞子做了什么？”

“语言”到达脑中需要数秒。长尾双眼骨碌碌地转动，极力搜寻过去的场景。从未忘记的记忆一被唤醒，他整个人就像泄了气的皮球似的瘫软了。龙司赶紧扶住差点失去意识的长尾，让他靠在墙上。

这个三十上下的男人怎么知道那件事？一股莫名的恐惧横贯长尾全身。

“医生！”护士藤村的声音透着担忧。

“你先去午休一会儿，好吗？”

龙司用眼神催促浅川。浅川将玄关的窗帘拉上，以免患者进来。

“医生！”藤村不知该怎么办，只是战战兢兢地等待长尾指示。长尾显得很紧张，似乎在考虑应该怎么做。那件事绝对不能让这个长舌的藤村知道，因此他佯装镇静地说：“藤村小姐，你可以午休了，要么去吃饭。”

“医生……”

“没关系，你去吧，不用为我担心。”

藤村根本不明白这是怎么回事。她又在原地呆立了好一会儿，直到长尾怒吼道：“还不快去！”她才吓得赶紧跑出去。

“我们可以开始了吗？”龙司走进诊疗室，长尾则像被宣告身患癌症的病人一样跟在他身后。

“我先提醒一下，请你千万不要撒谎。我和这位男士可是‘亲眼’见到了所有的经过。”龙司指指浅川，又指指自己的眼睛。

“怎么会有这种事？”不可能的。那片茂密的树林中没有其他人。按这两个男人的年龄算来……

“你不相信也情有可原。不过我们俩对你这张脸倒是记得一清二楚。”龙司的语气突然变了，“要不要我们说出你身上的特征？你的右肩上还留有伤疤，对不对？”

长尾两只眼睛瞪得老大，下巴不停地哆嗦。龙司停顿了一下，继续说：“要说出你肩上为什么会有那个伤口吗？”他突然把头往前一伸，嘴巴凑近长尾的肩头，“是山村贞子咬的吧？就像这样……”他张开嘴巴，作势要咬长尾的白大褂。长尾的下巴抖得更厉害了，他拼命张嘴想说些什么，可是两排牙齿没法咬合在一起，半天说不出一句话。

“现在你明白了吧？你听好，我们决不会把你说的话告诉别人。我保证。我们只想知道山村贞子身边发生的所有事情。”

尽管大脑已无法运转，长尾仍觉得这件事有些蹊跷。如果他们亲眼目睹那件事，又何必要我说出实情呢？不对，那一幕不会被看到。当时，这两个鬼头鬼脑的家伙有没有生下来还是个问题。长尾怎么想都觉得矛盾重重，他头痛欲裂。

“嘿嘿嘿嘿……”龙司笑着看浅川。他的眼睛仿佛在说话：嘿嘿，只要这样吓吓他，保证他什么都会老老实实说出来。

长尾果然诉说起来。他连细节都记得一清二楚，自己都感到不可思议。说着说着，连身上的感官也回忆起了当时的兴奋感。那时的情景、热气、碰触、肌肤的光泽、蝉叫声、汗水和草的味道，还有那口古井……

“到底是什么原因？我想大概是发烧和头痛使我失去了正常的判断力。那些正是潜伏期后天花的初期症状，可我从来没想过自己会染上那种病。幸好疗养院那边没有其他人被传染。如果结核病患者同时遭到天花的侵袭，后果简直不堪设想。

“那是一个炎热的夏天。我在一个新入院患者的胸部断层扫描照片中发现一个一元硬币大小的空洞。‘你顶多只能活一年了。’我一边这样告诉他，一边给他写好交给公司的诊断书。就在这时，我突然觉得很不舒服，于是出去呼吸外面高原上的空气。可是头痛依然丝毫没有减轻，我吃力地走下病房大楼旁边的石梯，想逃到庭院前面的绿荫里。这时，我看到一位年轻女子靠在树干上俯视山下的风景。她不是这儿的患者，而是在我到任之前就住进医院的T大副教授伊熊平八郎的女儿，名叫山村贞子。他们虽是父女，却不同姓，所以我对她的名字记得很清楚。最近一个月，山村贞子频繁来到南箱根疗养院看望父亲，可又不怎么待在他身边，也很少向医生询问父亲的病况，好像只是来这儿享受明媚的高原景色。我在她旁边坐下，微笑着问她：'你父亲怎么样了？'可是她摆出一副根本不想知道父亲情况的样子。她心里很清楚，父亲的生命即将走到尽头。她能比任何医生更准确地预知父亲死亡的日期。

"当我这样坐在她身边，听她诉说自己的人生和家人的事时，无法忍受的头痛竟然消失了，取而代之的是一股奇怪而灼热的兴奋感，就像有某种活力不知从何处涌出，体内热血沸腾。我仔细观察山村贞子的脸。我时常觉得不可思议，世上竟有面容如此端庄秀丽的女子。我不清楚审美的标准是什么，可是，比我大二十几岁的田中医生也说过同样的话。他说，没有比山村贞子更漂亮的女人了。我极力压抑因燥热而变得急促的呼吸，轻轻地将手搭在她的肩上，说道：'我们到个阴凉的地方去聊聊吧。'

"山村贞子丝毫没有起疑心，点点头。她弓着背正要站起来时，我看到了她白色外衣里那对小巧的乳房，色泽是那么白皙。霎时，我的脑中一片空白，体内受到猛烈的撞击，一时失去了正常的思考能力。

"山村贞子根本没有注意到我内心的躁动，她用手拍了拍沾在长裙上的灰尘，在我看来也是那么天真可爱。

“一片蝉鸣声中，我们漫步在茂密的树林里。虽然并没有明确的目的地，可是我的脚却不知不觉地朝着某个方向行进。汗水顺着我的脊背流下来，我脱下衬衫，身上只穿着一件背心。沿着山间小道，我们来到一片开阔的山谷，那儿的斜坡上有一栋老旧的民房。房子大概已有十多年没人住了，墙上斑斑驳驳，屋顶塌下来也不足为奇。民房的对面有一口古井。她看到这口古井便说：‘啊，口好渴哦！’然后跑了过去，弯腰往里窥探。很明显，这口古井已无人使用。我也跟着走近古井，却是想看她弯腰时露出的胸部。我双手支在井沿上，她的胸部就近在眼前。一股潮湿的凉气从漆黑的土里涌上来，轻抚着我的脸庞，却怎么也无法拂去我内心的火热与冲动。我不知道这股冲动从何而来。天花引起的发烧已夺走我的控制力，在此之前，我从未受过这种感官的诱惑。

“我情不自禁地伸出手，摸了一下她那柔软的乳房。她大吃一惊，抬起头来。我的大脑里好像有什么东西在跳跃。之后的记忆非常模糊，我只能想起零星的片断。当我清醒时，发现自己正把她压在地上。她的外衣被掀到胸口，接着……她激烈地反抗。我的大脑一片空白，直到她用力咬了我的右肩，强烈的痛楚让我清醒过来。我看着鲜血从肩头流出，滴到她的脸上。血水流进她的眼中，她露出厌恶的表情擦拭着……我随着她这个动作的节奏，将身体压了上去。这时的我究竟是一副怎样的嘴脸？她又是用怎样的眼神看着我？在她眼里，我肯定像一头禽兽……我一边这么想着，一边达到了目的。

“完事后，仰面躺在地上的贞子犀利地盯着我。她屈起双膝，用手肘撑着地面慢慢往后退。我又看了一眼她的身体——我以为自己看错了。那件皱巴巴的灰色裙子已经被掀到腰部，但她并没有把裸露着的胸部遮掩起来，只是往后退。阳光洒落在她的腿根，清晰地照射在那小小的黑色块状物上。我往上看她的胸部，那儿有一对美丽的乳房。我再次把视线往下移……就在覆盖着阴毛的耻丘深处，长着发育完全的睾丸。

“如果我不是医生，可能会被吓得屁滚尿流。但是，我在教科书上看过照片。这叫‘睾丸女性化综合征’，是一种极为罕见的病，我从来没有想过会在教科书以外，而且是在这种情况下见到这种病症。‘睾丸女性化综合征’是男性假两性畸形的一种，从外表来看，患者拥有不折不扣的女性身体，有乳房、外阴和阴道，但大多没有子宫，性染色体是 XY 男性型。而且不知为什么，患有这种病症的人通常都是美女。

“山村贞子依旧定定地看着我，这恐怕是她第一次被家人以外的人知道身体的秘密。当然，几分钟之前她还是个处女。今后要以女人的身份活下去，无论如何都要经过一番适应吧？我极力想使自己的行为正当化。正这么想着，突然一个声音蹿进我的脑中——我要杀了你！

“这声音透着坚定的意志。直觉告诉我，这确实是我对她的心灵感应。我的肉体已把它当作事实接受了。如果我不先下手，就会被她杀死。肉体的防卫本能向我这样下命令。我又压在她身上，双手掐住她细瘦的脖子，将整个身体的重量压上去。让我惊讶的是，这次她没怎么反抗，反而像是期待着死亡，舒适地眯着眼睛。不一会儿她就变得软绵绵的了。

“我没有确认她是否已经断气，抱起她的身体向古井走去。这时，我觉得自己的行动依然抢在意志前面：我并不是想把她扔到井里才抱起她，而是抱起她时，正好看到一个圆圆的漆黑的洞口，才产生了这个念头。我感觉一切都像事先安排好了，似乎有一种外在的意念在操控我。我模模糊糊地知道接下来会发生什么，耳畔有一种声音在告诉我，这是一场梦。

“从上面往里看，井底漆黑一片，什么也看不清。从井里蹿上一股泥土的芳香，因此我知道井底积着浅浅的水。我松开手，山村贞子的身体便顺着古井的壁面滑落下去，砰地响起坠至井底的落水声。我目不转睛地看着，直至眼睛适应了黑暗，可是看不到她淹没于井底的身影。我仍无法拂去内心的不安，于是朝井底扔石头和泥土，试图把她的身体永远掩埋在井底。双手捧起一抔土，连同五六块拳头大小的石头扔进井里后，我再也无法动弹。石头落在山村贞子的身上，在井底发出沉闷的声响，刺激着我的想象力。一想到那具充满病态美的肉体会被这些石块砸坏，我就难受得不得了。我清楚自己很矛盾：希望毁灭她的肉体，又为她的肉体受到伤害而惋惜。”

长尾城太郎说完，浅川便把一张传真纸递到他面前，那是南箱根太平洋乐园的配置图。

“那口井位于这张地图的什么地方？”浅川气势凌人地问道。长尾稍稍花了一些时间才看明白。浅川告诉他，以前疗养院的位置现在是一家餐厅，他才从图上找回对地形的印象。

“我想就在这一带。”他指着一个大致的方位。

“没错，就在别墅小木屋那儿。”浅川站起来说，“走吧！”

可是龙司纹丝不动。“哎呀，你别这么急嘛。我们还有事情没问这位老伯伯呢。你刚才说那是什么综合征？”

“睾丸女性化综合征。”

“这种女人会生小孩吗？”

长尾摇了摇头。“不、不行。”

“我还要确认另外一件事。强暴山村贞子时，你已经染上天花了吧？”

长尾点点头。

“这么说，日本最后一个感染上天花的人就是山村贞子？”

在山村贞子死亡的那一瞬间，天花病毒一定侵入了她的身体。但是她马上就死了，一旦宿主死亡，病毒自然存活不了，也不能说她受到感染了吧？长尾不知该怎么回答，只是垂下眼睑避开龙司的目光，没有一个明确的答复。

“喂，你干什么?！赶快走呀！”浅川站在玄关催促龙司。

“哼，你的回忆可真美呀！”龙司用食指弹了一下长尾的鼻头，向浅川追去。

## 12

这时，浅川还无法想象接下来的工作会有多么辛苦。如果古井没有完全被掩埋，从别墅小木屋周边开始查找不会太难。一查到古井的位置，就可以轻而易举地从里面捞出山村贞子的遗骸。午后一点的阳光照射在温泉街的坡道上，反射出刺眼的光芒。悠闲的街道和炫目的景象混淆了浅川的想象力。他还没有察觉到，即使古井只有四五米深，狭窄的井底和阳光明媚的地面也是截然不同的世界。

西崎五金行的招牌映入眼帘时，浅川停了车。

“你负责买东西吧。”说完，浅川向附近的电话亭跑去。他在门前站住，放入银行卡，一张电话卡吐了出来。

“喂，现在可不是慢悠悠打电话的时候啊。”龙司嘀咕着走进五金行，依序拿了绳子、水桶、铲子、滑车、探照灯等工具。

一想到这可能是最后一次听妻子的声音，浅川焦急万分。他十分清楚，自己没有多少时间了。离“死亡期限”只剩下九个小时。他把电话卡推进去，按下了足利岳父家的号码。接电话的是岳父。

“啊，我是浅川，能不能帮我叫一下阿静和阳子？”浅川省掉了所有的问候语，直接叫妻子和女儿来接电话。他知道这么做十分失礼，但是没有时间去顾虑岳父的感受了。岳父虽然想说些什么，但大概知道浅川的状况十分紧急，立刻把女儿和外孙女叫来听电话。浅川心想,还好不是妈妈来接的电话。否则她肯定会唠唠叨叨、没完没了地寒暄，最后让我连讲话的机会都没有。

“喂？”

“阿静，是你吗？”妻子的声音让他觉得好怀念。

“老公，你在哪里？”

“在热海，你那边怎样？”

“嗯，还好。阳子已经跟外公和外婆混熟了。”

“她在旁边吗？”

电话里传来了阳子的声音，是一些构不成句子的爆破音，接着是为了找爸爸而拼命爬上妈妈膝盖的声音。

“阳子宝宝，是爸爸哟。”阿静把话筒放在阳子的耳边。

“爸、爸，爸、爸……”

他听到了女儿的叫声。女儿本想叫爸爸，但是还不会说词。女儿喘气和嘴角漏气的声音，还有嘴唇和脸颊碰触话筒的声音，都清晰地传到浅川耳边。他感到女儿好像就在身边，心里涌起不顾一切把阳子拥入怀中的冲动。“阳子，乖乖等哦，爸爸很快就会开着嘟嘟去接你。”

“哦？是吗？你什么时候来？”不知何时，阿静已经接过了话筒。

“星期天。对，星期天我租车去接你们，大家开车去日光兜风，然后回家。”

“哇，真的吗？阳子，太好了，爸爸说这个星期天带我们去兜风呢！”

浅川耳根一热。要是这个约定能够实现就好了。医生决不会把没有依据的好消息告诉患者。为了避免以后打击太大，还是不要让她抱着太大的期望。

“那件事快要解决了？”

“快了吧。”

“我们说好了。等一切都结束了，你要将整件事情从头到尾说给我听。”

这是浅川和妻子的约定：你不要过问这件事，等事情告一段落后，我都说给你听。妻子始终信守着这个约定。

“喂，你要讲到什么时候？”身后传来了龙司的声音。浅川回过头，看见他打开了后备厢，正把买来的工具放进去。

“我会再打电话的。今天晚上或许不会打了。”

浅川把手伸向电话机。只要按下去，电话就断了。他不知道为什么要打这个电话，只是想听听她们的声音，还是有更重要的事情传达？就算现在和阿静慢慢聊上一个小时，要挂断电话时，也会有言犹未尽的感觉。结局是一样的。浅川挂了电话。不管怎样，今晚十点一切都会一锤定音。

正午时分，南箱根太平洋乐园弥漫着高原气息。上回浅川来这里时感受到的妖冶之气，此刻都被阳光遮掩。也许是心理作用吧，耳边传来了网球的弹跳声，球不是拖着长长的尾音，而是发出利落的砰砰声，在网上飞来飞去。白雪皑皑的富士山就在眼前，温室零星散布在山下，屋顶闪烁着银色的光芒。

这是一个平常的下午，别墅小木屋里没有客人的身影。这个出租的别墅一般要到休息日或者暑假才会人满为患。B-4 号房今天也空着。浅川让龙司去办手续，自己则换上了便装去扛行李。他仔细地环视着屋内。一周前的晚上，他连滚带爬地逃离了这个怪异的房间。当时他忍住呕吐跑进厕所，差点失禁；接着，他蹲在厕所里，看到了旁边的涂鸦。这些他都记得一清二楚。他打开厕所的门，同样的地方依然可以看见相同的涂鸦。

过了下午两点，两个人来到阳台上，一边眺望着四周的草丛，一边吃着在半路上买来的便当。从长尾医院往这儿赶路时的焦躁倏地消失了。再怎么焦虑，也会有现在这样悠然地看着时光流逝的时刻。浅川经常这样，在截稿临近时什么也不做，只是望着咖啡从玻璃管里一滴一滴地滴下来，事后才发现自己竟然优雅地浪费了宝贵的时间。

“吃饱再来。”龙司说。他买了两份便当。浅川没有什么食欲，偶尔会停下筷子呆呆地察看室内。突然，他像想起了什么似的，问龙司：“喂，你就明说了吧，我们待会儿到底要做什么？”

“那还用问？当然是找山村贞子啊！”

“找到后怎么办？”

“把她送回差木地好好供奉。”

"那么咒语是……你是说，山村贞子期望的就是这个？"

龙司费劲地咀嚼着满嘴的饭菜，迷茫地凝视着什么。从他的表情可以看出来，他自己也没有弄明白这一点。浅川感到害怕了，这是他最后的机会，他需要确切的答案，因为他不能重来一次了。

"目前我们能做的只有这样了。"说着，龙司将吃完的便当盒扔了出去。

"有没有这种可能？她想向杀害她的人报仇雪恨？"

"长尾城太郎？你是说把那家伙的事曝光，山村贞子就息怒了？"浅川试图从龙司的眼睛里探出他的本意。如果挖出遗骨并供奉起来，这样仍救不了浅川的命，龙司会不会把长尾医生杀了？他会不会把浅川当作实验品，只想着如何救自己？

"喂，别胡思乱想了！"龙司笑着说，"首先，如果山村贞子真的仇恨长尾，他早就没命了。"

"那么，为什么山村贞子会被长尾轻而易举地杀死呢？"

"这就很难说了……不过，她接连遭遇了亲人死亡和其他的挫折。她突然离开剧团，不也是一种挫折吗？她到高原的结核病疗养院去探望父亲，又得知父亲将不久于人世……"

"你是说，对现世感到悲观的人，不会对杀死他的人抱有怨恨？"

"倒不如说，是山村贞子让长尾老头萌生那个念头的……没准她是借用长尾的手来自杀。"

母亲跳进了三原山的火山口，父亲患肺结核即将死亡，自己成为女演员的梦想遭受了挫折，身体又有天生的残缺……她有太多自杀的动机了。其实，没有道理认为她不是自杀。在吉野发来的传真里，飞翔剧团的创始人重森借着酒意夜袭山村贞子的公寓，结果第二天就因为心脏麻痹而死亡。这是山村贞子利用特异功能把重森杀了。贞子具备这样的能力。她可以不留下证据，轻而易举地杀死一两个男人。既然如此，长尾为什么可以活下来？如果不是山村贞子操控长尾的意志进行自杀，就无法解释。

“好吧，就算是自杀，山村贞子为什么非得让自己在死前被强奸呢？你可别说‘以处女之身死去很遗憾’这一类的蠢话。”

浅川说中了龙司的要害，龙司一时词穷。

“很愚蠢吗？”

“啊？”

“不希望自己死的时候仍是处女，这种想法很愚蠢吗？”龙司一脸严肃地斥问道，“如果是我，也会这么想。我可不希望死时还是个童子之身。”

浅川觉得龙司与平时截然不同，虽然很难说清楚原因。

“你真的这么想吗？男人和女人是不同的，尤其是山村贞子。”

“嘿嘿嘿，开玩笑啦。其实，山村贞子并不想被强奸，谁愿意被别人侵犯呢？当时她把长尾的肩膀咬得见骨了。她是在被强暴后，脑海里突然冒出了死的念头，于是不由自主地驱使长尾城太郎杀死了她……”

“可见，她对长尾还是抱有怨恨啊。”浅川还是无法接受。

“喂，我们最好这样理解，山村贞子的怨恨并不是指向某个人，而是指向大众的。相比之下，她对长尾的仇恨算个屁！”

对大众的仇恨？如果她把这种仇恨注入录像带里，咒语的内容是什么……

龙司沙哑的嗓音打断了浅川的思绪。“算了，我们没时间去想这些乱七八糟的事了，还不如早点找出山村贞子。能解开所有谜底的只有贞子。”龙司喝完乌龙茶，站起来瞄准谷底将空罐扔了下去。

两人站在平缓的山坡上，同时将目光落在四周的草丛上。龙司给浅川一把镰刀，用下巴指了指 B-4 号房左侧的斜坡，要浅川割掉那儿茂密的草，察看地势的高低起伏。浅川弯下腰，膝盖着地，水平挥动着镰刀，一下下把草割倒在地。

据说将近三十年前，这个地方盖了一栋老旧的民房，民房的庭院前有一口古井。浅川伸了伸腰。如果自己住在这里，会在什么地方盖房子？或许会选择视野比较好的地方吧？他一边凝视着远处山下的温室，一边移动，观察着风景的变化。但是不管从什么地方眺望，眼前的景观都差不多。不过，如果要盖房子，B-4 号房旁边的 A-4 号房周围是最容易盖的地方。看过去，只有那儿是平坦的。浅川爬到 A-4 号房和 B-4 号房中间，一边割草，一边用手摸索着土质。

他从没有汲过井里的水，甚至连水井都没有碰过。在这种山区，水井会造成什么样子？水真的会涌出来吗？对了，沿着谷底朝东走几百米，有一片被高大树木围绕的沼泽地。浅川怎么也无法集中精神思考,他感觉到血往脑门上冲。看了下手表,已近三点。还剩七个小时就到期限了，还来得及吗？思绪紊乱起来，他怎么也想不起水井是什么样子。

哪儿有古井的痕迹？它四周一定堆满了高高的石头。如果石头坍塌下来，把水井埋到地底下了……那样肯定来不及了，不可能把尸骨挖出来。浅川又看了看手表，三点整。刚才在阳台上喝了将近五百毫升的乌龙茶，可是这会儿他又口渴了。

找到凸出的土块！找到石块堆起来的痕迹！这些声音响彻脑海。浅川用铲子向凸起的土堆挖下去。时间和热血循环往复地催促着他。他神经高度紧张，然而感受不到疲累。但是干起活来，为何会如此焦虑呢？

浅川曾经挖过一个小小的横穴。那是小学四五年级时的事。“哈哈！”他无力地笑起来。

“喂，你在干什么？”

龙司的声音让浅川吓了一大跳，他抬起头。

“你刚才在干什么？竟然跪在这种地方……能不能扩大搜索范围？”

浅川大张着嘴抬头看龙司。龙司背对着阳光，整张脸晒得黑糊糊的。汗珠从他黝黑的脸上冒出来，一滴滴滴落在脚边。我在这里干什么？浅川想。只见眼前的地面上已挖出了一个小洞，正是他挖的。

“你打算挖一个陷阱吗？”龙司深深地叹了口气。浅川皱起眉头想看手表。

“别老是看手表！你这个笨蛋！”龙司拂开浅川的手。他瞪了浅川好一会儿，才叹了口气蹲下来，柔和地低声说道：“你歇一会儿吧。”

“哪有这闲心？”

“我是要你冷静下来。焦虑于事无补。”龙司轻轻推了一把浅川的胸口，浅川顿时失去了平衡，仰面倒下去，摔了个四脚朝天。

“喏，你就这样躺着睡吧，像婴儿一样……”

浅川挣扎着想爬起来。

“别动！躺下！别浪费你的体力了！”龙司用脚踩住浅川的胸口，一直到他放弃挣扎。浅川闭上眼睛，不再反抗。龙司这才把脚挪开，走远了。浅川慢慢睁开眼睛，他看到龙司迈动着强健的短腿，绕到B-4号房的阳台背面去了。或许他在不远处找到了古井。

浅川的焦躁缓和了许多，但仍不想动。他将手脚伸成大字形，仰望着天空。阳光很耀眼。和龙司相比，自己的意志竟然如此脆弱，这让他很厌恶自己。他开始调整呼吸，想冷静下来思考问题。接下来的七个小时必须争分夺秒，可他没有自信能一直保持清醒。就一切听从龙司的指挥吧。抛弃自我，听从意志坚强的人的指挥。这样才能摆脱恐惧。把自己埋进土里，与大自然融为一体吧。或许是这个愿望起了作用，浅川被突如其来的睡意侵袭，失去了意识。要睡着的一瞬间，他幻想自己把女儿阳子举得很高很高，刚才一度复苏的小学时代的记忆也浮现在脑海中。

在浅川长大的那个城镇的郊外，有一座市立运动场。旁边的山崖下，有一片栖息着小龙虾的沼泽。上小学的时候，浅川经常和朋友一起去那个沼泽抓小龙虾。有一天，山崖上裸露的红土在春阳下，像挑衅似的显现于沼泽旁。浅川厌倦了在水中垂钓，便突发奇想，在山崖向阳的陡坡上挖起洞来。那里的土质非常松软，只要轻轻将木板插进去，红土就会稀稀落落地撒在脚边。后来朋友也一起动手，大概是三个人吧……或是四个人。

只挖了一个小时，他们就挖出了可以容纳一个小学生的横穴，又接着挖下去。一个朋友说该回家了。但浅川仍在默默地挖着。太阳西沉时，横穴大到能让所有的小朋友一起躲进去。浅川抱着膝盖和朋友们开心地笑了。他们蜷着身子躲在红土洞里，他觉得自己就像刚刚在社会课上学过的三日原人一样。

可是，过了一会儿，洞的入口被一位伯母的脸给堵住了。那位伯母背对着即将落山的夕阳，脸部黑黑的，无法看清她的表情，但浅川知道她是住在附近的五十岁左右的主妇。

“怎么在这种地方挖洞？万一你们被活埋了，我不是会难受吗？”

伯母窥视着洞内，这么说道。浅川和两个小孩不禁面面相觑。他们还是小学生，但也觉得这位伯母提醒的方式很奇怪。她不是说：“太危险了，快别玩了。”而是说：“你们被活埋在这种地方，那岂不是让住在附近的我觉得难受？快别玩了。”她完全是站在自己的立场来提醒他们。浅川不禁对着朋友们哈哈大笑起来。但伯母那张黑黑的脸仍旧如皮影戏一样堵在洞口。突然间，龙司的脸和那位伯母的脸重叠在一起。

“你也太迟钝了吧？真佩服你，竟然能在这种地方睡觉！你这家伙，干吗笑得那么诡秘？”

龙司把他吵醒了。此时太阳已近西沉，夜幕就要降临了。龙司的身体挡住了西边微弱的阳光，四周显得比先前更暗。

“你来看一下。”龙司将浅川拉起来，一声不吭地钻进了 B-4 号房的阳台底下。浅川随后跟着。只见阳台底下支撑着房子的柱子之间，有一块隔板被拉下来了。龙司把手伸进缝隙里，用力往前一拉，隔板竟啪的一声裂开了。没想到小木屋内的装潢那么摩登，底下的隔板却做得如此粗糙，随便用点劲就可以拉下来。看不到的地方用的全是蹩脚料。

龙司用探照灯照向地板下方，然后回头示意浅川看看。浅川对准隔板之间的细缝，往里面窥探。在探照灯的照射下，中间略偏西的地方有一个黑色的凸起物。仔细一看，它的表面有用石块砌成的粗糙的格子。上面盖着一个水泥盖，杂草在石头之间和水泥的裂缝里肆意地生长。古井上面正是别墅小木屋的客厅，井口的正上方刚好摆着电视和录像机……就在一个星期前，浅川看那盘录像带时，山村贞子就躲在这么近的地方窥探着上面。

龙司一块块地剥开隔板，弄出一个可以让人进出的洞。于是两个人钻进去，爬到了古井的边缘。别墅小木屋建在斜坡上，他们越往前走，就觉得自己越往下沉，有一种压迫感。黑暗的地板底下应该有充足的空气，浅川却感到窒息。地板下的土比外面的更湿冷。浅川知道接下来该做什么，却一点也不觉得害怕。地板就在头顶上，压得人喘不过气来，而且很可能得下到笼罩着黑暗的井底去——不是很可能，为了把山村贞子拉出来，他们必须钻到井里去。

“喂，来帮我一下。”龙司伸手抓住水泥盖子裂痕里的钢筋，试图将盖子拉到一旁的地面上，无奈小木屋的地板压得太低，他根本使不上力。尽管龙司平时可以举起一百二十公斤的重量，但在没有立足点的情况下,他只能使出一半的力气。浅川绕到另一侧，仰面躺下，然后用两只手攀住柱子固定身体，两只脚使劲推井盖。传来了水泥和石头摩擦发出的刺耳声音。浅川和龙司相互吆喝着，有节奏地把劲儿往一处使。盖子动了。这口古井在多年后终于露出了真面目。古井被封，是在盖小木屋的时候，还是建南箱根太平洋休闲中心的时候？抑或是建结核病疗养院的时代？从水泥与石块密合的程度，还有水泥盖被拉开时发出的犹如叹息的摩擦声，可以推断出古井被封闭的时间应该不只半年或两年，最长可能为二十五年。不管怎样，井盖终于快打开了。龙司把小铲子插进缝隙中，吃力地推着。

“注意！我一打手势，你就把身体的重量使在铲把上。”

于是，浅川将身体转了个方向。

“准备，一、二、三！”

利用杠杆原理，浅川推起水泥盖的同时，龙司赶紧用双手使劲推盖子的两侧。水泥盖发出凄厉的响声，咚的一下掉在地上。

水井的圆边上略微有些潮湿。浅川和龙司各拿着一盏探照灯，手扶着潮湿的井口边缘，把身体拉起来。光线还未抵达井底，两个人便把头和肩探入水井与天花板之间那只有五十厘米的缝隙里。一股酸臭味夹杂着凉气冲了上来，浓得好像只要他们一松手，就会被吸进古井中。她确实在这里——那个举世罕见的特异功能者，患有“睾丸女性化综合征”的女人！不，“女人”一词不恰当。在生物学上，男性和女性是以性器官的构造来区分的。即使拥有再娇美的女性肉体，只要性器官是睾丸，这个人就会被界定为男性。浅川不知道究竟该称山村贞子为男性还是女性。从贞子的名字来看，父母一定希望将其作为女子来培养。今天上午，在开往热海的船上，龙司曾经说：“同时具有男性性器官和女性性器官的人是力与美的最佳象征。”有一次，浅川在美术全集中看到古罗马的雕像时，还一度怀疑自己的眼睛：只见一位成熟而美丽的裸体女子横躺在石头上，两腿之间却赫然长着男性的性器官……

“看到什么了吗？”龙司问。他用探照灯往井底一照，只见井底积了一些水，井口离井底的水面大约有四五米，只是不知道水有多深。

“井底有积水。”

龙司蠕动着，把绳子的前端紧紧地绑在柱子上。“喂，把探照灯向下悬挂在水井边缘上。千万不要让它掉下来。”

龙司打算下到井底去。浅川的腿开始发抖：如果要我下到井里去……狭窄的井近在眼前，浅川的想象力开始发挥作用了。把身体浸在那漆黑的水里干什么？是为了捞起遗骨吧？这种事我绝对做不来，我会疯的。

或许是眼睛习惯了黑暗，被苔藓覆盖的水井内壁显得更为清晰。在橘色灯光下，石壁上好像浮现出眼睛、鼻子、嘴巴的形状，一直盯着看，那些形状就变成一张张临死前鬼哭狼嚎的扭曲的脸。无数恶魔犹如海藻一样摆动着，向井口伸着手。这种影像怎么也消逝不了。

突然间，一块小石子掉进了这个弥漫着妖气、直径只有一米的古井中。“扑通”一声，石子便被恶魔吞进了喉咙深处。

龙司滑入水井和天花板间的缝隙里，把绳子缠在双手上，慢慢地向下降落。一会儿，他就站在了井底，膝盖以下都浸泡在水里。井水并不是很深。“喂！浅川，把水桶给我，细绳子也给我。”

水桶还放在阳台上。浅川连忙从地板下爬了出去。外面一片漆黑，但感觉仍比地板下亮多了。还有一种难以言喻的解放感，以及充足而清新的空气。浅川环视了小木屋一周，只有路旁的 A-1 号房里透出些许灯光，传来人们欢聚一堂的笑声。那个房间漂浮得远远的，宛如另一个世界。他即使不看手表，也能猜到现在的时间。

浅川一回到水井边，就将水桶和铲子绑在绳子前端放了下去。龙司用铲子挖起井底的土，放进桶里。他时不时地蹲下来，用指尖在泥土里摸索，可好像什么也没发现。

“把水桶拉上去！”龙司大声吼道。浅川将腹部抵住水井的边缘，把水桶拉上来，倒掉泥沙和石块，再放到井底。这口水井在被堵住之前，可能流进了大量泥沙，龙司挖了又挖，还是不见山村贞子美丽的身躯。

“喂，浅川！”龙司停下手中的活，抬头往上看。浅川没有回应。

“浅川，你没事吧？”

没什么啊，我很好啊。浅川很想这样回答。

“你一句话也不说。能不能开口说两句话？这样让人很沮丧啊。”

“……”

“喂，浅川，你在那儿吗？不会掉下来吧？”

“我……我没事。”浅川终于挤出了一丝沙哑的声音。

“呸，你还真能帮忙啊！”龙司骂了一声，再度将铲子铲入水中。不知道重复了多少次这样的动作，眼看着水位慢慢往下降了，但还是没有出现他们要找的“东西”。水桶上升的速度越来越缓慢，最后连一厘米也拉不上去了。水桶拉到水井一半高的时候，浅川双手一滑，水桶掉了下去。龙司避开了水桶，泥水却浇了他一头。他十分恼怒，也觉出浅川的力气已经用尽了。

“笨蛋！你想杀死我啊？”龙司顺着绳子爬上来，“换一下！”

浅川大吃一惊，支起身子，结果一个不留神，头部重重地撞到了小木屋的地板。

“等一下。龙司，我没事，我……还有……力气。”浅川一字一句地说。龙司这时从井中探出脸来。“我看你没什么力气了，还是换一下吧。”

“等、等一下嘛。我休息一下就恢复了。”

“等到你的体力恢复,天都亮了。”龙司把探照灯照在浅川脸上。浅川的眼神有些变了，濒临死亡的恐惧夺走了他冷静思考的能力，一看就知道他已经失去正常的判断力。用铲子挖泥土，和把沉重的水桶拉上来四五米高,这两个活儿哪个更费力,不用想也能知道。

“你赶快下去吧。”龙司将浅川推到井边。

“等一下，这样不好……”

“有什么不好的？”

“我有密室恐惧症。”

“你就少说蠢话吧。”

浅川蜷缩着身体，一动也不动。井底的水不停地晃动着。“不行，我做不来。”

龙司一把揪住浅川的胸口，把他的脸拉过来，连打了他两个耳光。

“怎么样？现在清醒一点了吧？你还讲‘我做不来’的蠢话吗？有得救的方法，却什么也不肯做，这种家伙简直是人渣！你不是只担着自己的命啊！难道你忘了刚才的电话了？嗯？你愿意把心肝宝贝一起带到地狱去吗？”

一想到妻子和女儿的命运，浅川就不能再懦弱下去了。她们的生命确实掌握在自己的手上。可是，他的身体怎么也不听使唤。

“哎，做这种事真的有意义吗？”明知现在问这种问题毫无意义，浅川还是无力地问道。龙司松开手，说道：“要不要详细地给你介绍一下三浦博士的理论？怨念要强烈地滞留在现世中，必须具备三个条件：封闭的空间、水以及死亡的时间。人在有水的封闭空间里慢慢死去时，怨念多半会依附在那个地方。你看这口井。它就是一个封闭的狭窄空间，里面还有水。你想想录像带中那个老太婆说过什么话？”

……尔后身体的情况如何？老是泡在水里面玩，亡魂会找上门的。玩水、玩水？是的，山村贞子泡在那潭漆黑的水中，现在还在玩水，她将永无止尽地和地下的井水嬉戏下去。

“山村贞子啊，被丢到井底的时候还活着。她一边等待死亡的来临，一边将怨念附着在水井的内侧。以她的情形来分析，倒是具备了那三个条件。”

“所以……”

“所以……依照三浦博士所言，解开诅咒的方法很简单，把它释放出来就好了。我们将她的遗骸从狭窄的井底捞起来，供奉完后，再把她带回故乡埋葬。我们要把她带回宽广而明亮的世界去。”

刚才从地板下方爬出去的时候，浅川也体味到一股难以言喻的解放感。只要让山村贞子体会到同样的感觉就行了吗？她希望的是这个吗？

“你认为这就是咒语的内容？”

“或许是，也许不是。”

“太模棱两可了。”

龙司再次揪住浅川的胸口。“喂！你仔细想想看，我们的将来有什么是实实在在的？我们等待的往往是模糊不清的未来。你不也这样活下来了吗？你不能因为前途模糊不清就放弃自己的生命吧？山村贞子期望的或许还有其他的东西，可是我们从这儿捞起她的遗骸，注入录像带里的咒语也极有可能会消失啊！”

浅川的脸扭曲着，无声地吼叫着……封闭的空间、水以及死亡的时间？符合这三个条件时就会留下最强烈的怨念？到底有什么证据可以证明，三浦这种伪学者的一派戏言是真实的？

“如果你搞懂了，就赶快下去吧！”

我不懂！我根本就不懂！

“现在不是磨磨蹭蹭的时候！你的‘死亡期限’马上就要到了。”龙司的声音逐渐变得温柔起来，“不要以为人生是可以不战而胜的。”

浑蛋！我现在可不想听你的什么人生观！

尽管如此，浅川还是把身体移到了古井边。

“你总算决定啦？”

浅川紧紧握住绳子，拉到水井内侧。龙司的脸就近在眼前。

“不用怕，这里面什么都没有。最大的敌人就是你那脆弱的想象力。”

浅川抬头一看，探照灯的灯光正对着眼睛，令他晕眩。他背贴着石壁，慢慢松开握紧绳子的手。脚尖从石壁表面滑过，他一口气下降了一米，双手因摩擦产生了一股热量。他在水面上方摇晃着，迟迟不敢下水。他伸出一只脚，仿佛在试洗澡水一般，让水没过脚踝。一股冰冷的触感从脚尖漫至脊背，全身都起了鸡皮疙瘩。浅川立刻缩回脚。可是，他没有臂力悬在绳子上了。身体的重量使他慢慢地往下沉，最后坚持不住，终于两脚着地。水底松软的泥土旋即淹没了双脚，浅川紧紧抓住绳子，陷入极度的恐慌中，好像有许多只手从地底下伸出来，要把他拖入泥中。石壁也从四面压迫过来，仿佛在歪着嘴嘲笑他：你已无路可逃了！

……龙司！

浅川很想大叫，却叫不出声来。他不停地喘着气，从喉咙深处只发出了沙哑的声音。他像个溺水的孩子似的抬起头，感到大腿内侧有一股湿热感。

“浅川！你还活着吗？”

过度的压抑感使得浅川不知不觉停止了呼吸。

“我在这里，你放心。”

龙司的余音传到浅川的耳边时，他终于吸进了一口空气。心脏仍在怦怦直跳，他没法干活，只好拼命想一些别的事，一些快乐的事。如果这口水井是在满天的繁星之下，一定不会让人这么难受。被 B-4 号房完全罩在底下，逃生的路截断了。即使取走水泥盖，它上面还有织满了蜘蛛网的地板。山村贞子已经在这种地方住了二十五年……是的，她就在这儿，就在我脚底下。这儿是一座死人的坟墓！她不能思考别的事情，连思维都被封锁了，不容许自由地飞翔。山村贞子在这里结束了不幸的一生，在她死亡的瞬间，各种场面一闪而过，通过“意念”的力量强烈地滞留在这一带。那些怨念深锁在狭窄的古井中，经过漫长的时间，臻于成熟。它就像潮涨潮落似的呼吸着，按某种周期时强时弱，竟偶然与正上方的电视机波长吻合，悄然现身于世。山村贞子在呼吸！呼吸声从四处涌上来，将浅川的身体包围住。山村贞子、山村贞子，这个名字一与浅川的大脑相联，她那美丽得近乎可怕的脸孔就从照片上浮现出来，娇媚地对着浅川摇头。

山村贞子就在这里！浅川中邪般在井底的泥土中摸索着，想象着她那美丽的面容和身体，那个美女的遗骨已经浸满了他撒下的尿液。他挥动着铁锹挖土，忘记了时间。在下到井底之前，他已经摘下了手表。极度的疲劳和紧张麻痹了焦躁感，让他忘却了自己的期限，这有些像喝醉了酒。他完全感觉不到时间，能感受到的只有装满了泥水的水桶升降的次数，以及响彻耳边的心跳声……

不久，浅川从水中抓起一个巨大的圆形石头。它的手感很好，光滑的表面还有两个小洞。浅川从水里把这个头盖骨举起来，洗掉嵌在凹洞内的泥土，然后用双手夹住它耳朵的部位，与它对望。他想象着骨头上附上肉后的模样：深凹的眼窝让人联想到一对澄澈的大眼睛，中间的两个小洞上长满肉，就成了一个端正高挺的鼻子。长长的头发被水濡湿，耳朵里，还有脖子那儿滴滴答答地滴着水。山村贞子那双带着忧愁的眼睛眨了两三下，试图拂落沾在睫毛上的水滴。在浅川双手的夹持下，她无趣地扭曲着脸。尽管如此，她依然美丽无瑕。她开始对着浅川微笑，瞬间，又像在调整焦距般眯起了眼睛。

“我一直想见见你……”

说完，浅川便一屁股跌坐在泥地上。这时，龙司的声音从遥远的头顶上传来。

“浅川！你的死亡期限不是十点零四分吗？恭喜你，现在已经是十点十分了……喂！浅川，听到了吗？你还活着吧？诅咒破解了，我们得救了！喂，浅川！如果你死在了这种地方，就是追随山村贞子的脚步去了。可千万要放过我！如果你死了，就乖乖升天成佛吧！喂，浅川！如果你还活着，好歹回我一句话啊。”

虽然听到了龙司的叫声，浅川却丝毫没有得救的感觉。此刻他仿佛幽游在另一个空间里，怀着做梦般的心情，将山村贞子的头盖骨紧紧抱在胸前。

第四章

# CHAPTER 04

# 波纹

*1*

## 10月19日　星期五

从管理员办公室打来的电话将浅川从睡梦中惊醒。他催问浅川，上午十一点是退房时间，要不要再住一晚。浅川握着话筒，拿起了枕边的手表。他的手臂酸酸的，连抬起来都觉得吃力，虽然不觉得疼，但是明天一定会被强烈的肌肉酸痛困扰。他没有戴眼镜，得将手表拿到眼前才能看清楚。现在是十一点过几分，浅川一时不知该怎么回答，他甚至不清楚自己身在何方。

“您还要多住一晚吗？”管理员不耐烦地问道。从浅川身边传来了龙司的呻吟。他终于确定了这不是自己的房间。世界的色彩在不知不觉中发生了变化。由过去到现在，又直至未来的那条粗线，被切割成了睡前与睡后两段。

“喂？”管理员担心对方是否还在听。一阵喜悦不禁涌上了浅川心头。此时，龙司翻了个身，微微睁着眼，口水从嘴角流了出来。

浅川的记忆有些朦胧，伸手可及的只有昏暗的风景。他好不容易才想起拜访长尾医生后，来别墅小木屋之前的事，可是之后的记忆却是一片模糊。黑暗的影像一幕一幕地涌现出来，几乎让他窒息。他做了一个印象深刻的梦，但在醒来的那一瞬间忘了。不可思议的是，他却感到格外愉悦。

“喂？您听到了吗？”

“啊，听到了。”浅川总算答复了，他把话筒换了只手。

“退房时间是十一点。”

“知道了，我们马上收拾一下离开。”管理员使用了事务性的语气，浅川也事务性地回答道。这时，从厨房传来了细细的流水声。好像是昨晚睡觉前没有把水龙头关紧。他挂了电话。刚才龙司已经睁开了眼睛，这会儿又闭上了。浅川摇了摇龙司的身体。“喂，起床了！”

浅川不知道他们睡了几个小时。平时他最多睡五六个小时，但是这次好像要比平时睡得久。他很久没有睡得这么香、这么安稳了。

“喂，龙司！我们再不快点退房，管理员就要加收住宿费了。”

浅川更加使劲地摇晃龙司，可是龙司依旧没有醒来。他抬起头，餐桌上一个塑料袋映入眼帘。他突然想起了那个乳白色的塑料袋里放了什么东西，终于一幕幕地回忆起那些梦的内容……他呼唤着山村贞子的名字——那个被他从地板下冰冷的泥土里挖出来，之后蜷缩在塑料袋中的山村贞子。还有潺潺的流水声……昨晚是龙司用自来水把满身泥泞的山村贞子洗干净的，那个时候已经过了死亡期限。现在，此刻，那个水龙头依然在流水，浅川依然活着，这让他格外兴奋。他们赶走了逼近眼前的死神，生命也由此受到锤炼，开始绽放光芒。山村贞子的头盖骨就像大理石饰品一样美丽。

“喂，龙司！该起床了！”浅川脑中突然闪过一丝不祥的预感，心里好像被什么东西牵绊着。他把耳朵贴在龙司的胸口，想隔着厚厚的运动衣听一听心跳的声音，确认龙司还活着。他的耳朵快要触到龙司的胸口时，脖子冷不防被两只粗壮的手牢牢掐住，不禁陷入极度的恐慌，拼命挣扎。

“嘿嘿嘿，笨蛋，你以为我死了吗？”龙司松开掐住浅川的手，像孩子般发出奇怪的笑声。现在，浅川连玩笑也不能开了，发生什么事他也不会觉得奇怪。即使现在山村贞子苏醒过来，站在那张桌子旁边，而龙司乱挠着头发死去，浅川也会老老实实相信吧。他强压住怒火，毕竟他欠龙司一个人情。“不要开这种无聊的玩笑！”

“彼此彼此，谁叫你昨天晚上那样吓我。”龙司躺在床上嘿嘿地笑。

“我昨天晚上怎么了？”

“你昨晚猛地栽倒在井底了，我还以为你死了呢……都吓坏了。我以为时间已到，你被踢出局了。”

浅川不解地眨着眼睛。

“咦？你不记得了？真是个烦人的家伙！”

浅川确实不记得自己昨晚是如何爬出井底的。他好不容易才记起昨晚筋疲力尽的自己被龙司用绳子拉出了水井。尽管龙司的臂力很大，要将一个六十公斤重的人拉四五米高也不是件轻松的事。浅川被拉出水井的样子，与被志津子从海底捞起的役小角石像有几分相似。只是捞起石像的志津子获得了不可思议的力量，捞起浅川的龙司却落得浑身酸痛的下场。

“龙司。”浅川一本正经地叫道。

“干吗？”

“这次多亏有你。”

“少来，不要说这种让人起鸡皮疙瘩的话。”

“如果没有你帮忙，我现在……真的非常感谢你。”

“你别说了，我都要吐了。被你这种家伙感激又得不到一点好处。”

“一起去吃午餐吧。我请客。”

“当然是你请客啦。”龙司说着准备起身，但脚步显得有些踉跄。他全身肌肉酸疼，好像这已不是他的身体，不能运动自如。

浅川从南箱根太平洋乐园的餐厅给住在足利的老婆打电话，说他会依照先前的约定，在星期天早上租车去接她们。阿静询问浅川，那件事是不是解决了？浅川只回答道：“大概吧。”自己照样活着，从这个事实来看，只能推断事情解决了吧。可是他放下话筒时，却感到无法释然。没准龙司也抱有同样的疑问。

浅川一回到餐桌旁就问："喂，事情真的这样结束了吗？"

龙司趁着浅川打电话，把午餐扫了个精光。

"小宝贝很高兴吗？"龙司没有立刻回答他的问题。

"嗯。喂，你怎么样？是不是并没有觉得很轻松畅快？"

"你还担心吗？"

"你呢？"

"有一点吧！"

"是哪儿让你担心？"

"就是那个老太婆说的话：汝来年就要生崽了。你明年就要生小孩了。这是那个老太婆的预言啊。"

龙司果然也对同一个问题抱有疑问，浅川情不自禁地试图消除这个疑虑。"如果'汝'指的是山村贞子的母亲志津子……"

龙司立刻不容分说地反驳道："这是不可能的！录像带上的影像位于山村贞子眼睛或者心里，老太婆是对着那儿讲话的。所以，'汝'只能是山村贞子。"

"老太婆的预言也可能是胡说。"

"山村贞子的预知能力应该百分之百正确。"

"可是，山村贞子不能生小孩呀。"

"所以才奇怪啊。从生物学来说，山村贞子不是女人而是男人，不可能生孩子。更何况她在被长尾强暴前还没有性经历呢。而且……"

"而且什么？"

“她第一次性经历的对象是长尾……长尾又是日本最后一名天花患者，这真是个奇妙的巧合。”

也就是说，神与恶魔、细胞与病毒、男人与女人，还有光与暗，它们很久以前就作为毫不矛盾的统一体存在。如果追溯到遗传基因的构造或者地球诞生前宇宙的样子，那就不是单靠个人的力量能解决的了。现在浅川只能尽量接受这一切。哪怕心里还存有顾虑，他也只能说服自己，一切暂且结束了。

“你看，我还照样活着，说明谜底已经解开，这件事结束了……”

浅川突然想到，役小角的石像是否也希望自己被人从海底捞起来？这个意念驱使志津子采取行动，并赋予了她新的力量？浅川不禁觉得他们从井底捞起山村贞子的遗骨，和志津子从海底捞起役小角的石像很相似……可是，山村志津子获得的能力却使她陷入了不幸。从结果来看，这次他们从咒语中逃生，很可能也是因为那“意外获得的能力”。

龙司瞄了一眼浅川的脸和肩头，确信眼前这个男人还活着。他连连点头。

“嗯，应该没什么问题了吧？”龙司长长地吐了一口气，把身体埋在椅子里，“可是……”

“哎？”

龙司一边支起身体，一边问自己：

“山村贞子到底生下了什么？”

## 2

两人在热海车站分道扬镳。浅川准备将山村贞子的遗骸送到差木地，请她的亲戚将她供奉起来。堂姐的女儿将近三十年杳无音讯，如今她的遗骨却被人带了回来，恐怕只会让他们很困惑吧。可是，事已至此，浅川不能置之不理。倘若遗骸身份不明，还可以当作孤魂野鬼给埋了，知道了它是山村贞子，就只能带回差木地。时间太久远了，又牵涉到杀人案件，事态变得更加麻烦，因此，浅川打算对差木地的人用“自杀”交代了事。他原本想交出遗骨后马上回东京，可是不巧当天没有船，只好在大岛住一晚。更何况他租的车子停放在热海港，坐飞机回去更麻烦。

“将遗骸送回去这等小事，你一个人就行了吧？”他们在热海车站下车时，龙司揶揄道。此时，山村贞子的遗骸已用黑色的方巾包住，放在车后座。把这么小的一个包裹送到差木地的村庄，小孩也能行。关键是要让他们接收下来，一旦遭拒无处可送，可就麻烦了。如果亲人不把她供奉起来，浅川就会觉得没完成咒语交代的任务。突然把二十五年前死亡的人送过去，告诉他们：这是你们的亲戚山村贞子的遗骸。对方会相信吗？浅川略微有些不安。

“那么再见，改天我们在东京再见。”龙司挥着手过了热海车站的检票口，他还有一大堆论文急着完成。“没事的话，也可以见见面。”

“谢了，改天好好谢谢你。”

“少来，我也玩得挺高兴的。”

浅川目送着龙司消失在站台的阴影里。即将从他的视线中消失的那一刻，龙司一脚踩空，差点摔倒在地。他好不容易恢复了平衡，可是那一瞬间，他那壮硕的身躯却在浅川的眼里形成了模糊的重影。浅川感到很疲乏，揉了揉眼睛，把手拿开时，龙司已经从月台上消失了。这时，一种不可思议的感觉涌上浅川的胸口，不知从哪儿传来一阵令鼻子发痒的柑橘香味……

当天下午，浅川顺利地将山村贞子的遗骸送到了山村敬的家里。山村敬刚捕鱼回来，他看到浅川抱着一个黑色的方巾包，立刻猜到了里面是什么。浅川双手将布包递过去，说道：“这是贞子小姐的遗骸。”山村敬望了布包好一会儿，满怀深情地眯起眼睛，然后径直走向浅川，深深地鞠了个躬，接过布包。“您大老远特意跑一趟，真是辛苦了。”

浅川松了一口气。他没有想到对方这么简单就收下了。山村敬看出了浅川的疑问，语气坚定地对他说：“没错，这就是贞子。”

在三岁之前，还有九岁到十八岁期间，山村贞子一直生活在这个山村里。对于今年六十一岁的山村敬，她究竟有怎样的意义？从他接过遗骸时的表情推断，他对山村贞子的感情相当深。恐怕不需确认，他凭直觉就知道黑色方巾包着的就是山村贞子。

他一看到这个布包就双眼放光，一定又是某种“力量”在发挥作用。

事情解决之后，浅川很想尽快逃离山村贞子的身边，于是编了个谎言：“我就要赶不上飞机了。”便匆匆告退。一旦她的亲人改变主意，坚持只要没有证据就不能接受遗骨，他就得不偿失了。如果对方刨根问底地追问山村贞子的事，他也不知道该怎么回答为好。此时此刻，他根本没有心情去对山村贞子的亲人说这些。

浅川顺路去了一趟前天帮了不少忙的早津家里，然后朝大岛温泉旅馆走去。为了把之前的经历写成文章，他想舒舒服服地泡个澡，洗去一身的疲惫。

## 3

此时，龙司正趴在东中野公寓里的书桌上打着盹。或许是太累了，他嘴唇靠在写了一半的论文上，口水将深蓝色的笔迹都弄模糊了。他手里还握着喜爱的勃朗钢笔——他还没用文字处理机写论文。

突然，龙司的肩膀动了动，贴着桌子的脸不自然地扭曲了。他不由得跳起来，挺直了背，两眼睁得大大的，好像完全清醒了。他单眼皮的吊梢眼大睁着，眼睛布满了血丝。

龙司做了个噩梦。他一向宣称这世上没有可害怕的东西，但此时心底却在瑟瑟发抖，感到窒息。他看了看时钟，现在是晚上九点四十分。他一时想不起这个时间意味着什么。屋里的荧光灯和眼前的台灯都亮着，室内足够明亮，他却觉得不够亮。他对黑暗有一种本能的畏惧，而刚才那个梦被一种难以言喻的黑暗支配。

龙司将椅子转过来，看着录像机，那盘录像带还放在里面。不知为何，他无法将视线移开，只是定定地看着，呼吸也越来越急促。一个疑问冒了出来。他根本无法进行逻辑的分析，只有图像在眼前飞逝。

“糟了，果然还是来了……”龙司双手扶着桌子的边缘，感到背后似乎有人。他住的公寓位于偏离街道的静谧之处，街道上纷繁的热闹混杂着各种声音，已变得模糊不清。汽车偶尔疾驰而过，引擎声和轮胎的摩擦声显得特别刺耳，街上的声音似乎模模糊糊地形成一个块状物，在他身后的空间里忽左忽右地浮游。静心聆听，就能分辨声音的来源，其中也有虫鸣声。这些浑然一体的声音恍若人的魂魄在游荡，现实世界却渐行渐远……龙司的周围出现了空隙，一股来历不明的灵气在其间飘荡。冰冷的夜气和缠绕在肌肤上的湿气形成一道阴影，渐渐向他逼近。他的心跳速度开始超过滴答作响的时钟秒针，变得越来越快。这种气息一直压迫着他的胸口。

龙司又看了一眼时钟。九点四十四分。每看一次，他都猛吞好几口口水。

一周前，我在浅川家看录像带时是几点？他说他家的小宝贝总是在九点左右睡觉，后来我们按下了播放键。看完录像时又是……

龙司记不清自己看完录像带的时间，但他清楚，那一时刻正在一步一步靠近。向他步步逼近的这种气息绝不是假的。它与那种因想象而扩大的恐惧感不同，不可能是想象出来的。

它为什么只来我这儿，为什么不去找浅川？喂！这太不公平了吧？到底是怎么一回事？我们不是解开咒语了吗？为什么？为什么？

龙司心里涌出一大串疑问。他的心脏快速跳动着，就像有人把手伸进他的胸腔里，一把抓住了心脏似的。脊椎骨传来一阵刺痛，脖子上也有种冰冷的触感，龙司大吃一惊，想从椅子上站起来，可是一阵剧烈的疼痛自腰间向脊背袭来，他跌倒在地上。

快想想该怎么办！龙司努力保持清醒，开始向肉体下达命令：站起来！快站起来想办法！他在榻榻米上匍匐着，来到录像机旁边，按下退带键，拿出了那盘录像带。除了仔细调查这盘肇事的录像带，现在他又能干什么？

龙司仔细查看退出来的这盘录像带，想推进去。就在这时，他停住了。贴在录像带背面的卷标上写着标题——“莱瑟·米里尼、法兰克 · 辛纳屈、沙米 · 迪贝斯 · Jr，1989”，那是浅川的笔迹，好像录制了电视上播放的音乐节目。浅川把它洗掉后，又拷贝了那盘录像带。

龙司的背部蹿过一阵电流，一个想法迅速在空白的大脑中成形。难道真的是……龙司的大脑飞速运转，他终于明白了几件事：将咒语的谜底、老婆婆的预言，还有录像带的影像输入进去的，还有另一种力量……为什么住在小木屋里的那四个小鬼没有执行咒语的内容？为什么浅川得救了，我现在却面临死亡？还有，山村贞子到底生下了什么？其实答案近在眼前，他竟然没想到山村贞子的力量会与另一股力量融合在一起。她想生孩子，又无法生育，于是，她与恶魔签订了契约，生许多孩子的契约……这会带来什么后果呢？

龙司忍着痛楚笑了，那是讥讽的笑：真是可笑啊！一心想看到人类灭绝的我，怎么会先走一步呢？

龙司爬到电话旁边，想拨浅川家的电话号码，随即想起他在大岛……我竟然要死了！那家伙一定会大吃一惊吧？

这时，强烈撞击胸口的压迫感使龙司的肋骨吱吱作响。他拨了高野舞的电话号码。他自己也不知道，到底是因为强烈的求生欲望，还是希望最后听听她的声音。一个声音在说：放弃吧，把她卷进来可不是件好事。而另一个声音却充满了希望：或许还来得及……

桌上的时钟映入了他的眼帘：九点四十八分。龙司把话筒贴着耳朵，等着高野舞出现在电话的另一端。这时，他的头毫无来由地痒起来，于是伸手抓了抓，有几根头发掉落下来。

电话铃响第二声时，龙司抬起头，西服柜上的长镜子里映出了他的脸。龙司忘了自己还夹着话筒，径直把脸凑近镜子。话筒掉了下来，可是他依旧不管不顾地盯着镜子。镜子里映出了另一个人。他的脸干瘪泛黄，布满僵硬的裂纹，不断掉落的毛发间散布着许多褐色的疮痂。幻觉！这一定是幻觉！龙司这样劝慰自己，可是依然无法控制情绪。

这时，滚落在地上的话筒里传出一个女人的声音。龙司再也忍受不了，发出了凄厉的叫声，和高野舞的声音重叠在一起，他终于与心爱的人的声音失之交臂。映在镜子里的是一张龙司百年之后的脸。他根本没有料到，与一个判若两人的自己相见，竟会如此恐怖。

铃声响了四下，高野舞拿起了电话，“喂……”回答她的却是一声惨叫。一股战栗沿着电话线穿梭而至，这份恐惧从龙司的公寓原封不动地传到了高野舞的房间。她吓了一跳，赶紧把话筒拿开。呻吟声仍在持续。她接到过几次恶作剧电话，但是觉得这个电话有些不同，赶紧又拿起话筒。呻吟声戛然而止，之后是一片静寂。

晚上九点四十九分，龙司想最后一次听听心爱女人声音的希望破灭了，他在绝望的惨叫声中断了气，意识渐渐被一片虚无包围。他手边的话筒里依然传来高野舞的声音。他的双脚在地上叉开，背部抵着床，左手垂在床垫上，右手伸向“喂”个不停的话筒，头向后牵拉着，双眼睁得大大的盯着天花板。虚无即将侵入龙司的肌体时，他知道自己活不了了，但仍没有忘记：最好把录像带的谜底告诉浅川这个家伙。

高野舞对着话筒“喂”了好多声，可是对方始终没有应答。她挂了电话。这呻吟声听起来很耳熟。一种不祥的预感袭过心头，她再次拿起话筒，拨了她尊敬的老师家的电话号码。话筒里传来了“嘟、嘟、嘟”表示占线的声音。她挂了电话，又拨了同一个号码，仍然占线。高野舞明白了：先前打电话的正是龙司，他可能出事了。

## 4

### 10月20日　星期六

好不容易才回到了自己家，可是老婆和孩子都不在，浅川心里难免有些寂寞。他屈指数了数，在镰仓过了一夜，又被暴风雨困在大岛两天，在南箱根太平洋乐园的小木屋又住了一晚，然后在大岛住了一晚。只不过在外住了五天，可他觉得已外出很长时间了。以前也有为了采访在外住宿五天四夜的经历，可是回家后经常觉得时间很短。

浅川坐在书房的书桌前，打开了文字处理机的电源。他仍然觉得全身酸痛，站着坐着都觉得腰间阵阵疼痛。这一周以来，夜夜难以入睡，昨晚睡了十小时，仍没有消除这种疲乏。不过，他还不能闲下来，不赶快把堆积如山的工作处理完，明天到日光去兜风的约定就要泡汤了。

浅川赶紧在文字处理机前坐下，报告的前半部分已经存进了磁盘。他必须把自星期一以来、查明山村贞子的姓名之后的部分补齐，尽快完稿。到晚餐前，浅川已经写了五张稿纸，速度还凑合。一般到了深夜，工作进度会更快。按照这个速度下去，应该能一身轻松地去接妻子和女儿。他猜不到总编对这篇稿子会有什么反应，但仍想把这一周后半部分的经历再梳理一遍。稿子完成，就意味着这个事件告一段落。

有时，他停下敲键盘的手指。桌旁的复印纸上拷贝了山村贞子的照片。那个令人恐惧的美人好像在忽隐忽现地窥探着他，他开始走神了。他曾透过这对美丽的眼睛，和山村贞子一起看相同的事物。她的一部分曾经进入他的体内，让他念念不忘。浅川将照片移到视线之外。如果盯着山村贞子看下去，他就无法工作了。

在附近的小饭馆吃过晚饭后，浅川突然想，现在龙司在干什么？并不是想念他，只是他的脑海里朦朦胧胧地浮现出龙司的脸。回到房间准备继续工作时，浮现在脑海里的龙司却变得越来越清晰。

龙司脸部的轮廓有时会变成重影。那家伙现在怎样了？浅川感到胸口一股莫名的骚动，于是拿起了电话。铃声响了七次，有人接了。浅川松了一口气。可是，话筒里传来的是一个女人的声音。

“……喂？”

那声音细细的，显得有些悲痛。浅川记得那个声音。“喂？我是浅川。”

“啊……”对方细声应答。

“请问是高野舞小姐吧？上次谢谢你的招待。”

“哪里，不用客气。”高野舞细声说道，依然握着话筒。

“请问……龙司……在吗？”为什么不赶快把话筒交给龙司呢？浅川觉得很奇怪。

“老师已经过世了。”

“啊？”浅川好半天都说不出一句话，目光呆滞地凝视着天花板上的某一点，握在手里的话筒也差点掉落在地上，好不容易才问道，“什么时候？”

“昨天晚上十点左右……”

龙司在浅川家看完那盘录像带时，是上周五的晚上九点四十九分，这与预告的死亡时刻正好吻合。

“那么，死因呢？”其实这问题根本不用问。

“急性心脏衰竭……明确的死因还不是很清楚。”

浅川差点都站不稳了。原来事情并没有结束，现在要进入第二阶段了。“阿舞，你还会待在那边吗？”

“是的，我要整理老师的遗稿。”

“我现在马上过去，你不要走，请等着我。”

浅川一挂上电话，便当场跌坐在地上。妻子和女儿的“死亡期限”在明天上午十一点，我又要与时间展开战斗了。而且这次我必须孤军奋战，因为龙司不在了。我不能呆坐在这里，如果不赶快采取行动……快、快……

上了街道，路况显得很拥挤。但开车好像比坐地铁更快。浅川穿过人行横道，钻进了停在路边的租赁车里。他很庆幸，为了去接妻子和女儿，他把还车时间推迟到了明天。

这到底是怎么回事？浅川手握方向盘，决心好好整理一下思路。各种各样的画面像倒带一样，在脑海里浮现出来，根本没法理出头绪。越想大脑里越混乱，连在各个事件之间的线眼看就要绷断。镇定！镇定下来好好想想！浅川这样说服自己。他终于明白了该把重点放在哪儿。

首先，我们并没有解开咒语，找出逃脱死亡命运的方法。山村贞子希望的并不是自己的遗骸被发现，被供奉起来，她另有期望。那是什么呢？尽管咒语的谜底没有解开，可是为什么我还能这样活着？这是怎么回事？告诉我！

明天——星期日上午十一点，浅川的妻子和女儿就要迎来“死亡期限”。现在是晚上九点。

高野舞端坐在和室里，把龙司尚未发表的论文放在膝盖上，一页一页地翻阅。可是，论文内容深奥难懂，她怎么也无法看进去。屋子里空荡荡的。今天一大早，龙司的遗体就被送回到川崎的双亲家中，已经不在这儿了。

“请将昨晚的事详细地告诉我。”

龙司死了，这个甚至可以称为战友的朋友死了，令浅川非常伤心，可是已没有时间沉浸在伤痛之中。他坐在阿舞旁边，低下了头。

“大概过了晚上九点半，老师打电话给我……”阿舞把昨晚的事情详细描述了一遍，包括从话筒里传来的惨叫声、之后的沉寂，以及她急急忙忙赶到龙司的公寓，看到龙司靠在床边，两条腿叉开着……阿舞注视着龙司当时坐着的位置，诉说着他的形貌，不禁潸然泪下。

“不管我怎么叫，老师也没有回应了……”

浅川没有给她时间哭泣。“当时屋里有什么不对劲的地方吗？”

阿舞摇了摇头。“没有……只是话筒没有搁在话机上，一直发出刺耳的声音。”

龙司在面临死亡的那一刻，想给阿舞打电话……浅川又追问道：“龙司真的没有对你说什么吗，譬如录像带之类的？”

“录像带？”阿舞眉头微蹙，不知道老师的死和录像带到底有什么关系。浅川也无法知道龙司在死前有没有解开咒语真正的谜底。龙司打电话给高野舞，只是想在死前听听爱人的声音吗？还是解开咒语之谜后，想借助高野舞的力量去实施？这么说来，要实施咒语就必须借助第三者的力量。

浅川准备离开，阿舞目送他到玄关。

“阿舞，你今晚还要留在这里吗？”

“嗯，还有些稿件要整理。”

“是吗？百忙之中打扰你了。”浅川转身准备离去。

“啊，等等……”

“哎？”

“浅川先生，您是不是对我和老师有误解？”

“误解？”

“在男人和女人的关系上……”

“不，没什么。”

这个男人和这个女人搞在一起呢。阿舞能够分辨他人视线中的这种意味。她看到浅川的视线中也含有这层意味，对此一直很介意。

“我第一次见到浅川先生的时候，老师说你是他的密友，我真的吓了一跳，因为你是第一个让老师称为密友的人。对老师而言，你是一个很特殊的人，所以……”阿舞欲言又止。

“我希望你作为老师的密友，能多了解老师一些。就我所知，老师……还不曾懂得女人……”说到这儿，阿舞垂下了眼帘。她是说，龙司死时仍是童子之身？

浅川没有回答，只是沉默不语。他觉得阿舞印象中的龙司宛若他人，好像她的话在哪儿发生了错位……

“嗯，不过……”浅川本想说：龙司高二时发生的事，你不知道吧？可是他放弃了。他不想现在揭发死者的罪行，更不想破坏龙司在阿舞心中的形象。更重要的是，他内心产生了一个疑问。

浅川一直很相信女性的直觉。既然阿舞与龙司来往很密切，她说龙司仍保有童贞，就很可信。龙司所说的在高二时强暴了一个女大学生的事，也许是捏造的……

“老师在我面前，行为一直像个小孩子。他什么话都对我说，不会隐瞒任何事情。他度过了怎样的青春时代，拥有怎样的烦恼，我应该完全了解。”

“是吗？”除此以外，浅川无言以对。

“老师在我面前像个十岁的纯真男孩，如果有第三人在场，他就会变成一个绅士。而在浅川先生的面前，他大概又扮演‘损友’的角色吧。如果不这样的话……”说着，高野舞突然把手伸进白色的皮包，拿出手帕擦眼泪，“如果不这样扮演不同的角色，老师就无法在这个社会上生存下去……你能理解我说的话吧？”

浅川更多的是吃惊。他忽然回忆起高中时代的事。那时，虽然龙司在学习和运动方面有过人的才能，却没有朋友，性格很孤僻。

“他是个很单纯的人……那些吊儿郎当的男人根本不能和他比。”阿舞手里的手帕已被眼泪濡湿了。

浅川站在狭窄的玄关，脑海里千头万绪，根本没想起该对阿舞说些什么。他认识的龙司和阿舞了解的龙司有很大的差距。焦点没有对准的话，就抓拍不到清晰的人像，只是一片模糊。龙司隐藏了阴暗的一面，自己无论怎样努力，也不可能把握他这种人的性格。高二时，龙司是否真的强暴了住在附近的女大学生……是否现在仍在做类似的事？浅川最终也不得而知。现在，妻子和女儿的死亡期限即将来临，他不想再为杂事困扰。

于是，浅川只说了一句：“龙司是我最要好的朋友。”

这句话不知是否让阿舞感到欣慰，她可爱的脸庞上浮现出一抹既不像笑也不像哭的表情，轻轻地点头致意。浅川关上门，飞快地走下公寓的楼梯，来到马路上。

离龙司的公寓越来越远，浅川不禁怀念起这个奋不顾身投入这场危险游戏的朋友。顾不上别人的眼光，他流下了眼泪。

## 5

### 10月21日　星期日

过了午夜零点，星期日终于来临了。浅川一边在手边的纸上记下重点，一边整理着思绪。

龙司在死亡期限来临之际，解开了咒语的谜底，于是打电话给高野舞，大概想叫她过来。也就是说，要实施咒语，需要高野舞的帮助。最重要的一点是，为什么我还活着？在这一周当中，我不知不觉地实施了咒语的内容！除此之外，还能作何解释？任何人应该都可以轻而易举地实行咒语的指示。可是，那四个年轻人为什么不抢先实行呢？我在这一周里做了什么？有什么事龙司确实没有做，而我做了？

浅川大叫起来：“这种事情我怎么会知道？这个星期，我做了而龙司没有做的事……多了去了！别开玩笑了！”

浅川一拳打在山村贞子的照片上。“你这家伙！到底要把我折磨到什么时候，你才甘心？”浅川不停地揍着山村贞子的脸。可是，山村贞子依然面不改色，保持着那份美艳。

浅川走到厨房，往玻璃杯里满满地倒了一杯威士忌，要让涌至头顶的热血回到原处去。他想一口气喝完，却又停了手。寻找解开咒语的方法，没准得晚上开车去足利，最好不要喝酒。

他为自己的依赖心理而生气——在小木屋挖山村贞子的遗骸时，他吓得差点丢了性命，能好歹完成任务，是因为有龙司在身边。

“龙司！龙司！求求你，救救我吧！我受不了没有妻子和女儿的生活，我受不了！龙司！借我一点力量吧！为什么我能活下来？是因为我先发现了山村贞子的遗骸吗？那我老婆和女儿是不是没救了？不是这样吧，龙司？”浅川心里很乱。他明知现在不是哭诉的时候，却冷静不下来。他叫了一会儿，终于恢复了平静，在备忘纸上写下重点，包括老婆婆的预言。山村贞子真的生下了孩子吗？她死前和日本最后一名天花患者长尾城太郎发生了关系，这与整个事件有关吗？没有一件事情有明确的答案。到底能不能找出解开咒语的方法？他绝不能失败了。

又过了几个小时，天就要亮了。浅川不知道自己是什么时候睡着的。他躺在榻榻米上，感觉耳边好像有男人的气息在吹拂。

这时传来了小鸟的叫声，他搞不清这是现实还是梦境。在晨光的照耀下，他眯起了眼睛。那片柔和的光线中，一道人影一闪而过。

浅川突然清醒过来，并没有感到害怕，凝视着人影的方向。

“龙司，是你在那边吗？”

那道影子没有回答。这时，就像烙印在大脑沟回里似的，一本书的书名浮现了出来。

**《人类和瘟疫》**

浅川闭上眼睛，眼睑里浮现出白色的书名，之后它才袅袅消失。书房里应该有那本书。开始调查这件事时，他怀疑导致那四人同时死亡的是某种病毒，便去买了那本书。

朝阳从朝东的窗户里照射进来。浅川想站起来，却感到脑袋一阵刺痛……我是在做梦吗？

浅川打开书房的门，伸手取下那本某人暗示的书——《人类和瘟疫》。他当然知道是谁给予了这个暗示。龙司为了告诉他咒语的秘密，在那一瞬又回来了。

这本书有三百多页，咒语的答案会在哪个地方呢？浅川又一次闪现了灵感。一百九十一页！这个数字不如书名那么鲜明，但也进入了他的大脑。他翻到了那一页。瞬间，一个单词逐级放大，跃入眼帘。

## 繁殖　繁殖　繁殖　繁殖

“病毒通过侵害生命的机能，使其自身的数量得到增加。”病毒的本能就是增加自身的数量。

“哦——”

浅川发出尖叫声，他终于明白了咒语的意义。这个星期，我做过而龙司没有做过的事不是很清楚吗？我从小木屋把那盘录像带带回来，然后把它拷贝给龙司看了。咒语的内容很简单，任何人都能做到。就是拷贝一盘录像带给别人看，给那些还没有看过的人看，借此帮助它繁殖！四个人做了那样的恶作剧，又愚不可及地将录像带留在小木屋里，并没有特意跑回去拿，以实施咒语的内容。

浅川拿起话筒，拨了足利的电话号码。接电话的是阿静。

“老婆，你要仔细听我的话。有件东西一定要让你爸妈看，必须马上就看……在我到达之前，千万不要让他们出门，知道了吗？这是非常重要的事情。”

啊！我是不是把灵魂出卖给恶魔了？为了救老婆和女儿，竟然想把岳父岳母置于危险境地。可是，为了解救女儿和外孙女，他们一定乐意配合。只要他们再拷贝录像带给别人看，就避开危险了。可是以后呢？

“我听不懂你在说什么。”

“行了，你照我说的去做。我现在就赶过去。啊，对了，那边有录像机吗？”

“有啊！”

“是 BETA 还是 VHS 的？”

“VHS。”

“知道了，我马上过去。记住！哪儿都不要去。”

“等一下，你说要给我爸妈看的东西，就是那盘录像带吗？”

浅川不知该怎么回答，陷入了沉默。

“是这样吧？”

“……是的。”

“没有危险吗？”

没有危险？你和女儿再过五个小时就要死了。够了！你这个笨蛋！老是问些蠢问题，没有时间把经过逐一说给你听了……浅川好不容易才压住胸中的怒气。

“总而言之，你照我的话去做。”

七点之前上高速公路，如果不塞车，九点半左右可以到达足利的岳父母家。再加上拷贝老婆和女儿双份录像带的时间，到十一点“死亡期限”，时间相当紧迫。浅川放下话筒，打开音响橱柜，拔下录像机的插头。要拷贝录像带，需要两台录像机，得把它带到足利去。

浅川正要走出房门，又回头看了一眼山村贞子的照片——你真是生了一个让人伤脑筋的东西啊！

浅川决定从大井立交桥上首都高速公路，穿过湾岸线，再驶入东北车道。走东北车道，不太可能塞车，问题是怎么避开首都高速公路上的塞车。浅川在大井立交桥付费，确认塞车的标示时，才猛然想起今天是星期日。难怪在海底隧道里面，平时车辆像串珠一般连成一长串，今天竟然非常少，就连车流汇合处也没有塞车。这样应该可以九点到达岳父母家，有充裕的时间拷贝和观看录像带。浅川松开了油门。他一直担心开得过快，会出交通事故。

他沿着隅田川一路飞奔，一边往下看。星期天的早上，街上到处呈现一派刚刚苏醒的景象。人们悠闲地走着，与平时截然不同。这是一个平和的星期天的早晨。

浅川陷入了思考。这件事究竟会造成怎样的结果？妻子和女儿这两份朝着不同方向发散的病毒究竟会怎样扩散？他也想过，如果把录像带拷贝给看过一次的人看，只要在某个特定的团体内重复拷贝与播放，也许可以防止它蔓延下去。可是，这样就违背了病毒希望繁殖的意志。现在还不知道病毒的机能是以怎样的结构融入录像带的。想解开这个谜底，就必须做实验。等到有人为了解开真相、愿意献出自己的生命时，病毒已经扩散得相当广泛了。

如果只要拷贝给他人看，就能避开危险的话，人们一定会去执行。随着小道消息四处散播，这个办法会附加上“给没有看过的人看”的条件。一个星期的缓冲期也可能逐渐缩短。看过录像带的人等不了一个星期，就会拷贝给别人看……这个“环”究竟会扩散到什么样的程度?

在人类的本能——恐惧心理作祟之下，录像带一定会演变为一种瘟疫，在顷刻间扩散到整个社会。人们可能捏造出一些莫须有的谣言，譬如“看过录像带的人，一定要拷贝两份以上的录像带，给两个以上的人看才行”。病毒的散播就会像传销一样，以高速的单线传播速度扩散开来。不到半年，整个日本的公民都会成为病毒携带者，将感染的范围波及海外。会出现几个牺牲者，让人们知道录像带里的警告不是骗人的，于是更加拼命地拷贝录像带……无法想象这会引起怎样的恐慌，又以怎样的事态告终，以及出现多少牺牲者。

山村贞子痛恨人们逼死了她的亲生父母，天花病毒也被人类的智慧逼上了绝路，对人类心生怨恨。这些怨恨在山村贞子这个特殊的人体内融合，以意想不到的形态重现于世。

无论是浅川，还是他的家人，只要看过录像带，都会潜在地感染这种病毒，是病毒携带者。而且，病毒会直接潜入生命核心的遗传基因里。它将造成什么结果，它对人类今后的历史与进化会产生怎样的影响，人们还不知道。

为了保护家人，我决定把这种可能灭绝整个人类的瘟疫散播到全世界去。浅川对自己将要做的事很恐惧，尽管他听到一个微弱的声音在呼喊:“如果把你妻子和女儿当成防护堤，事情不是就此结束了吗？只要失去了宿主，病毒就会灭绝，这么一来就可以拯救全人类了。”可惜这个声音实在太小了。

车辆驶入了东北车道，没有塞车，这样开下去绝对来得及。浅川双肩用力，双手紧握方向盘开着车。

“我决不会后悔。没理由把我的家人当作防护堤。既然危机已来临，不管做出怎样的牺牲，我都要守护他们。”为了再次坚定决心，浅川用比引擎声还大的声音说道。龙司的灵魂已经告诉了他录像带的谜底，希望他去救老婆和女儿。

龙司还在世的话，一定会这样说：“现在，你就老老实实按照这一瞬间的心情去做吧！在我们眼前，只有缥缈不定的未来，以后的事情以后再说。运用人类的智慧，或许可以解决这件事。对人类而言，这是一次试炼。因为恶魔在不同的时代会以不同的形态出现。怎样打倒它们，它们也会不断出现的。”

浅川保持着一定的车速向足利驶去。后视镜里映出了刚刚甩至身后的东京的天空。一团乌云在高空中诡异地飘荡着。它像蛇一样蠕动，隐约透露出一种不祥的警示……

图书在版编目（CIP）数据

环界 .1，铃／〔日〕铃木光司著；贺迎译 .-- 海
口：南海出版公司，2016.12
ISBN 978-7-5442-8498-1

Ⅰ．①环… Ⅱ．①铃…②贺… Ⅲ．①科学幻想小说
－日本－现代 Ⅳ．① I313.45

中国版本图书馆 CIP 数据核字（2016）第 207361 号

著作权合同登记号 图字：30－2016－122



**环界 .1，铃**
〔日〕铃木光司 著
贺迎 译

出　　版　南海出版公司　(0898)66568511
　　　　　海口市海秀中路 51 号星华大厦五楼　邮编 570206
发　　行　新经典发行有限公司
　　　　　电话 (010)68423599　邮箱 editor@readinglife.com
经　　销　新华书店

责任编辑　翟明明
特邀编辑　褚方叶　贺　静
装帧设计　韩　笑
内文制作　王春雪

印　　刷　山东韵杰文化科技有限公司
开　　本　850 毫米 ×1168 毫米　1/32
印　　张　8
字　　数　154 千
版　　次　2016 年 12 月第 1 版
印　　次　2025 年 2 月第 8 次印刷
书　　号　ISBN 978-7-5442-8498-1
定　　价　39.00 元